文庫書下ろし／連作時代小説

密 命

渡り用人 片桐弦一郎控㈢

藤原緋沙子

光 文 社

この作品は光文社文庫のために書下ろされました。

目次

密命——〈渡り用人　片桐弦一郎控㈢〉

第一話　手鞠《てまり》

一

「俺におごらせてくれ」

片桐弦一郎《かたぎりげんいちろう》は、銚子を取り上げると、但馬佐兵衛《たじまさへえ》と自分の盃に酒を注《つ》いだ。

「すまんな。じゃ遠慮なくいただくぞ」

佐兵衛は目を細めて言い、美味《うま》そうに舌を鳴らした。

二人は本石町《ほんごくちょう》の口入屋『万年屋』の金之助《きんのすけ》から仕事を貰っている仲間である。

万年屋は武家屋敷相手の口が主な稼業で、佐兵衛も弦一郎と同じく渡り用人をやっている一人という訳だ。

だが二人で呑むのは初めてだった。

先ほど暮れなずむ両国の橋の上でばったり会って、弦一郎が橋の西袂の飲み屋に誘ったのだった。

ひと月前、弦一郎はさる大店《おおだな》の婆さんの湯治《とうじ》に供としてついて行ったが、その仕事は佐兵衛の紹介で貰ったものだった。佐兵衛に今度会ったら、その礼を述べねばと思っていたところだったのだ。

「うまいな、この酒。おぬしの馴染みの店か？」

佐兵衛は人の良さそうな丸顔を弦一郎の顔に近づけて言った。

「いや、俺も初めてだ」

弦一郎は笑みを浮かべて言い、近くの飯台で円陣を組むように座って酒を酌み交わしている男たちに視線を遣《や》った。いずれも若いお店者で、何が面白いのか、時折わっと声を上げて笑っている。

佐兵衛もその男たちに眼を遣ったが、顔を戻すとしみじみと言った。

「そうか、おぬしは独り身だから美味い酒も呑んでいるのだろうが、俺は長屋で子供がピーチクロを開けて待っておる。呑むのは家と決めていてな、それも安酒だ。女房殿の監視のもとで呑んでいる訳だ。しかしなんだな、いつからあんなに恐ろしい女になったものか、亭主は金を運んでくる燕《つばめ》ぐらいにしか思っておらんよ」

家の愚痴を並べてみせるが、それが少しも苦になっていないことは屈託のない表情でわかる。家の愚痴は酒の肴《さかな》で、むしろ嬉しそうに見えるのだ。

弦一郎は苦笑した。佐兵衛の家族にまだ会ったことはないが、妻や子のために働くことが出来る佐兵衛は羨ましい。

――とはいえ佐兵衛も。

妻との間に一男一女があり、それも年子で、寺子屋や稽古ごとを人並みにやらせてやろうとすれば、さぞかし物入りに違いない。

弦一郎がそんなことを頭に浮かべている間に、佐兵衛はぐいぐいと盃を重ねた。

あっという間にお代わりをして、

――酒の肴もまだ来ていないではないか。

弦一郎があきれ顔で見ていると、

「いや、胃の腑にしみる。結構な味だ」

佐兵衛は眼を細めて口もとをぬぐった。

弦一郎も笑って返したが、このぶんでは底なしの大酒飲みかと、ふと懐具合に不安を持った。

しかし、万年屋の仕事がない時には、互いに人づてに貰った仕事を分け合っている間柄である。しかも弦一郎が佐兵衛に仕事を回してやるより、佐兵衛から貰っている方が多い。誘ったからには、佐兵衛には好きなだけ呑んでもらおうと、弦一郎は腹をくくって話題を変えた。

「ところで、今度は何処《どこ》に行っているのだ」

運ばれてきた豆腐を引き寄せながら訊く。

「能勢《のせ》という旗本だ。なに、娘の婚儀が整うまでの用人でな、給金ははずむといってくれているのだが、なにせ内証は火の車といったところだ。婚儀を理由にどこからか金を借りてきてほしいというのが本音らしい」

「ふむ。どこの旗本も金がない」

「まったくだ。金があれば私たちを雇う筈もないのだから、要するに渡り用人などという仕事は金にはならぬということだな」

「そうそう、安い給金で、あれもしろ、これもしてくれとこき使われて」

「そういうことだな。長くやる仕事ではないな」

「とはいっても浪人暮らし、他に仕事がある訳ではない」

「その通りだ。しかしおぬしはまだいい、これが出来る」

佐兵衛は刀を振る真似をしてみせた。

「食いっぱぐれることはあるまい」

佐兵衛は剣術はからきしと聞いている。

「いや、今時剣術は何の助けにもならぬよ」

「そうかな。それにおぬしにはいい人がいるようじゃないか」

突然佐兵衛は言った。

「いい人……馬鹿な」

佐兵衛の視線から逃れるように盃を空けると、

「見たんだよ、数日前に……日本橋の呉服屋から一緒に出てきたのをな」

佐兵衛はにやにやして見ている。

「ああ、おゆきさんのことか」

「おゆきさんというのか、美しい人じゃないか。見た限り大店の娘のようだったが、おぬし、あの人と一緒になれば食うには困らぬぞ」

どんな話題を始めても、身過ぎ世過ぎの話に繋がっていくようだ。

「勘違いをするな。あれは荷物持ちに同道してやっただけだ。俺が住んでいる長屋の持ち主の娘だからな。頼まれては断れぬ」

弦一郎は苦笑した。

「またまた、あの娘《ひと》がおぬしを見る目は普通じゃなかったぞ。慕っている目だ」

「そんな仲ではない。おぬしの勘もいいかげんなものだな」

「必死に否定するところがおかしいじゃないか」

「佐兵衛殿」

「まあいい、私もおぬしがどこかの婿にでもおさまったら張り合いがないからな。これからもよろしく頼む」

佐兵衛はまるで、自分がおごっているような顔で弦一郎の盃に酒を注いだ。

——ふむ、遅くなった。

弦一郎は、足下のおぼつかない佐兵衛の後ろ姿を見送ってから、雨上がりの空を見上げた。

俄《にわか》に降り出した雨は、弦一郎と佐兵衛を飲み屋に足止めし、結局長々と店で酒を呑むことになったのだが、雨はいっときの通り雨だったらしく、空には弱々しい月も出ている。

弦一郎は、人通りの絶えた柳原通りに出た。家で待っている人がいる訳ではない。行く秋を楽しむように、夜の冷たい風に酔った体を冷ましながら、秋の名残を惜しんで鳴く虫の声に耳を傾けながら歩を進めた。

――そうだ、帰ったら茶漬けの一杯も食べたいものだが……。

飯釜に炊いた飯があったかどうか。今度は腹の虫の声を聞きながら歩いているうちに、先ほど別れた佐兵衛が羨《うらや》ましくなった。

なんだかんだと女房の愚痴を並べていたが、帰れば火鉢に火は熾《お》きていて、薬缶《やかん》には湯もたぎっている。

暗い部屋に行灯《あんどん》の火を点《とも》し、寒々とした部屋を見渡す自分とは雲泥の差があると思った。

――俺も藩が潰れなければ……。

妻との間に子の一人も出来て、人並みの暮らしを送っていた筈だ。いやそれどころか、藩の御留守居役としてこの智恵と腕を振るい、武士としていっぱしの地歩を謳歌《おうか》していたかもしれないのだ。

——それがどうだ。

苦々しい思いが時折弦一郎を襲って来る。それもそのはず、弦一郎が浪人となり渡り用人の暮らしをするようになって、まだ二年足らずである。

それまで弦一郎は、安芸津《あきつ》藩五万石の御留守居役見習いとして百五十石を賜り、江戸詰になったばかりだった。

当時国には妻の文絵《ふみえ》が母と暮らしていた。そのうちに二人とも江戸に呼んで一緒に暮らそうと考えていたところ、突然藩はお取り潰しになった。

藩主の右京太夫《うきょうだゆう》が病の床につき、跡目争いが表面化し、それがお上《かみ》の知れるところとなって藩は改易となったのだ。

妻文絵の父笹間十郎兵衛《ささまじゅうろべえ》もこの争いに深く関与していたため、十郎兵衛は文絵まで道連れにして、幕府の処断に抗議して切腹して果てたのだ。

弦一郎は、妻の死の報に悲しむまもなく藩邸を追い出され、その後は神田川の北方、藤堂和泉守《とうどういずみのかみ》の上屋敷の西側にある、神田松永町の裏店に住んでいる。

先ほど佐兵衛が言ったおゆきという娘は、この裏店の家持ちである材木問屋『武蔵屋《むさしや》』の一人娘であった。

しっとりとしたおゆきの白い頬が、ちらと頭をかすめた。

――まったく……。

佐兵衛の冷やかしを振り払い、和泉橋《いずみばし》を渡り始めた時だった。

提灯《ちょうちん》の火がひとつ、いや、もうひとつ北袂の下に見えた。その灯の周りに数人の人影が見える。

弦一郎は足を速めて北袂に渡り、欄干《らんかん》から下を覗いた。

人影は町人二人と、女が一人、女は手ぬぐいを頭からふわりとかけているところを見ると夜鷹のようだった。だが、いずれも足もとの黒い塊をとり囲んで、助けを求めるようにそわそわしている。

「いかがした」

弦一郎は橋の上から訊いた。

「死人です。番屋に知らせたんですが」

町人の男の声が返って来た。

弦一郎は橋の下に下りていった。

提灯に照らされて、中年の男が仰向《あおむ》けに倒れている。頬に二寸ほどの古傷のある人相の良くない男だった。口をあんぐりとあけていて、もう息のないのは見てわかった。

額に大きな傷があるところを見ると、それが致命傷になって死んだらしい。鈍器で殴打されたものか、それとも橋から転落して石にでも額を打ったものだろうか。

「ふむ」

しゃがんでのぞき込もうとしたところに、

「どきな、まむしの親分だ。死人というのはそれだな」

下っ引を連れた岡っ引が近づいてきた。

「おや、半次郎《はんじろう》じゃねえか」

岡っ引は死体を見るなり言い、しゃがんで顔を十手で自分の方に向け確かめると、

「間違いねえ、半次郎だ」

呟いてから、

「この男がこうなるのを見た者はいるのか」

集まっていた者たちを睨《ね》め回した。

「いえ、あっしたちは行きがかりの者ですから」

町人の男は言い、夜鷹に視線を送って頷いた。

「旦那は……」

今度は弦一郎に険しい視線を向けてくる。横柄な岡っ引だった。

するとと夜鷹が言った。

「こちらの旦那も行きがかりのお方さね、今橋の上から下りてきたところだから」

女は白塗りをして襟元をはだけてはいるが、べらんめえな感じのする物言いで、岡っ引の睨みなんぞに怯《ひる》むものかという気概が見えた。

「おめえは？」

むっときたらしく、岡っ引が女に訊く。

「見ての通りの夜鷹だよ。見つけたのはあたいさね。兄さん方と遊ぼうと思ってさ、ここを通りかかったらこの人に蹴躓《けつまず》いたってわけ。それで番屋に届けたんじゃないか、関わりがあったら報せるものか」

「じゃ、この男がこうなるところを誰も見たものはいねえんだな」

岡っ引は言いながら、黒い影を横たえている和泉橋に目を遣った。

「橋の上からおっこちたか……」

独りごちたが、その時、

「親分、こんな物が落ちてましたよ」

下っ引が小走りしてきて、何か岡っ引に手渡した。

「扇子じゃねえか、何処に落ちてたんだ」

「そこです」

下っ引はすぐ近くの闇を指した。

岡っ引は十手を腰に戻して扇子を広げた。青色の地に虹色の雲が棚引いている絵が、町人が差し出した提灯の灯の色に浮かび上がっている。

――おや。

見たことがある扇子だと弦一郎は思った。

岡っ引は、二度三度と扇子を開いたり閉じたりして考えていたが、ぱちんと扇子を閉じて、もう一度橋の上を見上げ、橋の北袂に見える家並みを見渡して言った。

「よし、助六《すけろく》、小者《こもの》を呼んでこい。まずこの死体を片づけろ」

そう下っ引に命令すると、手にある扇子を懐にしまった。

「じゃ、あたいたちはこれでお役ごめんだね」

夜鷹は念を押すと、若い男二人と立ち去った。

「親分、この死体の男はどういう人間だね」

夜鷹たちが去ると弦一郎は訊いてみた。

「この男ですかい。無宿人です。出は下総《しもうさ》の者ですが、悪人だ。おっと、それより、あっしは富蔵《とみぞう》と申しやすが、旦那はどちらさんで」

「俺か、俺は神田松永町に住む浪人だ。片桐という」

「ほう、片桐様ですか。何かお気にかかることでもあるんですか」

「その、今しまった扇子が気になったのだ」

「扇子……」

富蔵はにやりとして、懐の扇子を出し、

「ご覧になりやすか」

弦一郎の前に差し出した。

「ふむ……」

弦一郎は扇子を取って広げてみた。

「旦那、どうやら、その扇子に見覚えがあるようでござんすね」

鋭い視線で人を試すような言葉を富蔵はかけてくる。

「いや、どこかで見たような気がしたが、違うな」

弦一郎は扇子を富蔵の手に返した。

「そうですかい、そりゃあ残念だ。あっしはね、この扇子を落としていった者がこの男を殺したと見てるんですよ」

「殺した……しかしこの扇子は女のものだぞ」

「旦那、あっしは先ほど、先ほどといっても雨が止んでまもなくのことでしたが、飲み屋で妙な話を聞きましてね。この橋の上で男と女の喧嘩するような声を聞いたと」

「……」

「そしたらこの始末でさ。だから、その時の喧嘩というのが、この男と扇子の女に違《ちげ》えねえ、この顔の傷は女につき落とされて、この石に激突したものに違えねえ。これこの通りこいつは血だ」

富蔵は足もとの一尺ばかりの石ににじんでいたものを指でぬぐって月明かりにかざした。

「なるほど。しかし富蔵とやら、橋の上からこの男を突き落とす女となると、相当な力持ちだな」

「旦那、何をおっしゃりたいんでございやすか。聞きようによっては、旦那はこの扇子の持ち主を知っていて、その者を庇おうとしているようにも聞こえますが」

「まさか」

弦一郎は苦笑してみせた。

扇子を確かめた時の弦一郎の微細な変化を見逃さなかった岡っ引の嗅覚に内心驚いていた。扇子は確かに弦一郎には覚えがあったのだ。

「だったらよろしいのですが、誰もが顔を背けるような悪人が殺されたとはいえ、これは殺しですからね、旦那。犯人はきっちりと捕まえなきゃならねえ。念を押しますが、本当に覚えがねえんで」

しつこく食らいついてきた。

「富蔵親分、言葉を慎んでくれ。こちらの旦那はあっしの知り合い、随分と世話になっているお方だ」

ふいに後ろから声がした。

振り返ると、戸板を運んできた小者と一緒に鬼政《おにまさ》がやって来た。北町奉行所の同心詫間《たくま》
鬼政は、神田佐久間町にある煮売り酒屋の主お歌《うた》の息子で、北町奉行所の同心詫間晋助《しんすけ》から手札を貰っている岡っ引で政五郎《まさごろう》という。

「片桐の旦那、今お帰りですか」

親しそうに近づいて来た鬼政を見た富蔵は、忌々しそうな視線を残して、

「おい、早く運べ。先に番屋に行っているぞ」

小者を叱りつけると、弦一郎たちに背を向けた。

「知っているのか？」

弦一郎は、引き上げていく富蔵という岡っ引の背を見ながら鬼政に訊いた。

「へい。あの男はまむしの富蔵といいやして、火付盗賊改役の手下をやっていた男ですが、主が役を解かれて行き場がなくなり、南の旦那に泣きついて岡っ引になった男ですよ。あっしたち岡っ引仲間じゃ嫌われもんです。あんな野郎に目をつけられたら後で何を言ってくるかしれたもんじゃありません」

「そうか、そういえばあの目はただの岡っ引の目じゃないな」

「ええ、偉そうに十手を振りかざしてはいますが、野郎は岡っ引になるまでに、危ない場所に群れていたに違いありやせん。隠していますがね、あっしにはわかります。まっ、それを重宝されて火付盗賊改役に雇われていたんでしょうが」

「で、お前もあの死人のことでここに来たのか」

河岸の道に向かいながら弦一郎は訊いた。

「へい。番屋に立ち寄ったら死人が出たと聞きやしてね。まさか富蔵が来ているとはしらずに」

「そうか、じゃあもう出る幕はなさそうだな」

「そのようです。どうです旦那、店に寄りませんか？」

鬼政は、くいっと盃を傾ける所作をして、にこっと笑った。

「そうするか。実をいうと茶漬けが欲しかったのだ」

「決まった。そうしましょう。おふくろも待っててまさ、近頃旦那はどうしてるんだって、あっしにしつこく聞いていましたからね、喜びます」

二

「旦那、起きていらっしゃいますか、鬼政です」

数日後の早朝、鬼政は弦一郎の長屋の戸を叩いた。

「おう」

と中から声がしたようなしないような、いつもの「入れ」の言葉がない。すると、

「片桐の旦那は寝坊助《ねぼすけ》だからね、もっと大きな声で言わなきゃ駄目だよ」

井戸端から鬼政の背中に声が飛んで来た。洗い物に精を出す長屋の女たちだった。

「旦那！」

鬼政は女たちに急かされて大声で呼び、

「入りやすよ」

戸を開けて中に入った。

「旦那、何してるんですか」

鬼政は三和土《たたき》に突っ立って唖然として聞いた。

部屋の真ん中で弦一郎は両膝をつき、両手で紙を持って前に突き出し必死の形相である。よく見ると、赤毛の子犬のお尻の下に紙を当てているのであった。

「しないのか、もういいんだな」

紙の上から、小さなお尻を振って離れて行った子犬に呼びかけると、ようやく腰を伸ばして鬼政に振り向いた。

「お前も知っているだろう。柳橋のおきた婆さんの犬だ。三日ほど家を空けるから面倒みてくれと頼まれてな。それはいいのだが、まだあの通り小さくて外には出せぬ。警戒して飯も食わぬし、うんちもしてくれぬ。参ったよ」

苦笑する。

「旦那ともあろうお方が、犬のうんちですか、嘆かわしい」

「俺も食わなきゃならんからな」

弦一郎は部屋の隅っこでじっとこちらをうかがっている子犬を見て言った。

「それで旦那は、まだ朝ご飯も食べてないんですね」

鬼政は冷え冷えとした竈《かまど》に目を遣った。

「なに、昨日炊いた飯がある。湯をぶっかけて済ませるさ。で、何だね、こんなに早く」

弦一郎は、鬼政が腰かけた上がり框《かまち》に、手あぶりの火鉢を寄せてやると、自身も側に座った。

「へい、旦那が気になさっていたあの扇子の出所がわかりやしたのでね」

「何」

「旦那は品川に、妙徳寺《みようとくじ》という小さな寺があるのをご存知ですか」

「いや、知らぬ」

「実はその寺が三年前に屋根の修復を致しましてね。といっても小さな寺ですから、敷地も全部で三百坪あまりですが、本堂の屋根の修復を行ったそうです」

その時に寺が、修復に多額の寄付をしてくれた百人に限って、扇子とお守りの札を渡したというのであった。

扇子の生地は絹、絵柄は青い空に虹が架かっていて縁起の良いものだという。

——すると、あのお品《しな》が、その寺に多額の寄付をした一人だというのか……。

弦一郎は炭を火鉢に足しながら、お品の小さな体を思い浮かべた。

お品と会ったのは数ヶ月も前のことである。七夕が終わってまもなくのことだった。

弦一郎は口入屋の金之助から、用人の仕事ではないが、知り合いの口入屋の仕事を頼まれてくれないかと言われ、訪ねて行ったのがお品のところだった。

お品は、深川で女ばかりを斡旋する口入屋をやっていた。

屋号はなかったが『おんな口入れ』の暖簾《のれん》がかかっていた。

斡旋する仕事は、子守りから始まって力仕事や春を売る仕事まで、客の要望に応えて手広く世話をしていて、口入れを頼む女の出入りは絶え間なくあった。

弦一郎が感心したのは、家出してきた女や、夫や姑に追い出されて行く当てもない女にも、自身が身受け人となって仕事を世話してやっていることだった。

反面、安易な考えでやってきた女には、ずばずば厳しいことを言って切り捨てた。

腰を据えて働く気のない女には、二度と口入れは行わないのだという評判だった。

また、女たちを雇い入れる者たちにも遠慮なくものを言う女で、弦一郎が訪ねていった時も、どこかの番頭を相手に丁々発止の最中だった。

しばらく待たされている間に聞いた話では、番頭の店は日当から昼飯代をさっ引いている。それでは約束が違う。低い給金からさらにそんな金をさっ引くなら、もう二度とそちらには人は回さない。いや、回さないどころか、口入れ仲間にも回状を回すとお品は脅した。

結局番頭は、これまでにさっ引いた金に利子までつけて払うことを約束して、苦々しい顔で帰って行ったのである。

口入屋の主としての、その手腕に、すっかり弦一郎は舌を巻いたものだった。

「私はね、弱い者いじめをする奴は、大っ嫌いさ。それに金に汚い奴も好かないね」

そう豪語しながら、家計のやりくりは徹底して渋く、昼飯も漬け物に味噌汁、これが定番らしい。

「金は使わなきゃならないところに、どんと使うんだ。お陰様で私は元気だから、腹さえふくれれば、それで結構」

などと言い、客や弦一郎に出すお茶も出がらしだった。

そんな剛胆な暮らしぶりをする女なら、さぞかしいかつい体かと思いきや、細身の小柄な女だから、これが驚く。

――こんな女と……。

うまくいくものかと、仕事を引き受けたことを後悔した弦一郎だったが、

「あれでおかみさんは、なかなか人情の厚い人なんですから」

店番をしているお夏《なつ》という女が教えてくれた。

半信半疑だったのはいうまでもない。しかし、弦一郎がお夏の言っていたことを実感するのはまもなくのことだった。

それは、お品が弦一郎に頼んできた仕事の内容が、亭主に命を狙われているという女の警護で、その女というのが、つい先頃お品を頼って店に飛び込んできたお品とはそれまで何の面識もない女だというのである。それをお品は、まるで古くからのつきあいがあったかのように、女を庇ってやろうとしたのであった。

その女の名はおみつと言った。離縁覚悟で家を飛び出してお品を頼ったまではよかったが、亭主に見つかるのが怖くて外を出歩けない。

せっかくお品が、深川の料理屋に仲居として世話をしてやっても、おみつは怯《おび》えて店まで一人では行けないのである。

そこで弦一郎におみつの警護を頼んだ訳だが、その警護の金はお品の懐から出してやるのだと聞き、弦一郎はお品の義侠心に感心したものだった。

仕事の手間賃はめいっぱい値ぎられて満足いくものではなかったが、弦一郎はお品の心根に打たれて引き受けた。

少々おみつは神経過敏になっているのではないか……。何事もない日が続き、弦一郎がそんな思いをいだきはじめたある日、門前町を歩いているところをおみつは亭主に見つかって立ち尽くした。弦一郎が警護を始めて十日目のことだった。

亭主の顔には悲壮感が漂っていた。それに、勝手に家を出て行ったおみつへの恨みつらみも膨らんでいたようで、いきなりおみつに飛びかかってきたのである。

そうなっては弦一郎も放ってはおけない。

おみつを捕まえて打擲《ちょうちゃく》しようとした亭主を取り押さえ、こんこんと言い聞かせ、しばらく互いに離れて暮らし、それから改めて話し合ってはどうかと提案したのである。

しぶしぶだが亭主は頷いた。

それでいったんお役ごめんとなったのだが、半月足らずの短い間にお品と接した弦一郎は、お品がたびたび帯の間から扇子を引き抜き、ぱたぱたとせわしなくあおぐのを再三見ている。

「近頃汗っかきになってしまいましてね。こんなに涼しい気候になっても扇子は放せないんですよ。お医者は血の道だなんていうんだけど、年のせいですかね、嫌ですね」

　そんなことを言い、お品は笑っていた。

　弦一郎の目には、お品がその扇子を随分気に入っていて、肌身離さず持っている、そんな風に見えたものだ。

　——その扇子と、あの富蔵が見せてくれた扇子は同じ柄だった……。

　まさかあのお品が、事件と関係ある筈がないと弦一郎は思うものの、胸が騒いだ。

「旦那」

　火鉢に炭を足し、炭入れを台所に置いて元の座に戻ると、鬼政が言った。

「あっしは旦那が心配なすっていたようなことではないと思いますが、まあ念のためと思いましてね、品川まで行って来たんですよ」

「すまんな……で、何かわかったのか」

「ええ。扇子を配ったという話は本当でしたよ」

「すると、誰に配ったのかわかっているのだな」

「それが、その時の名簿をあの富蔵が持っていったというんです」

「何……」

「旦那、奴はあれを使って虱潰《しらみつぶ》しに当たるつもりですよ」

「……………」

「それからこれは、あっしが聞き取りしたものですが、あの晩、橋の上で男と女が喧嘩している声を何人も聞いておりやして」

「そうか……富蔵の言った通りだったのか」

「へい。その時男が『ここで会ったが百年目、酷い目に遭わせた借りを返してやる』と大きな声で叫んでいたそうです。すると女が『何言ってるんだ、人を泣かせて金儲けをするから罰が当たったんじゃないか。あんたのような男を人でなしっていうんだよ』……そう怒鳴って切り返していたというんです。日暮れた後の雨上がりで、空気は澄んでいるし、人通りはなく静かだった。そんなこんなが、二人の争いの声を遠くに運んだものと思われます」

「それで、二人はもみ合いになったというのか」

「いえ、そこまで見た者はおりやせんが、そういうこともあるかもしれねえと」

「ふむ、しかし俺の知ってるあのお品に、そんな力があるとは思えぬ。取り越し苦労かもしれぬな」

弦一郎は言い、きっぱりとした物言いとはうらはらなお品の細身の体を思い起こしていた。

だが、心底に広がった黒い霧が晴れることはなく、弦一郎は鬼政が帰ると、子犬を懐に押し込んで長屋を出た。

「チビ、おしっこをするなよ。少々道中は長いが静かにしていてくれ」

膨らんだ懐に語りかけ、手で優しくチビの頭を撫でながら深川に向かった。

子犬は柴の子でまだ生まれて数ヶ月、両の掌に乗るほどの体である。懐にはすっぽり入ったし、時折ごそごそするのだが、柔らかい子犬の肌のぬくもりが伝わってきて、子守りが仕事とはいえ、弦一郎の心を和《なご》ませていた。

「しばらく大人しくしておれ、いいな」

弦一郎はチビにまた言い聞かせてから、お品の店の軒にかけてある『おんな口入れ』の暖簾をくぐった。

暖簾といっても、伊勢崎町の大通りに面した間口二間の小さな店である。

「まあ旦那、お久しぶりでございます」

中に入ると、店番をしていたお夏が愛想のいい顔で弦一郎を迎えてくれた。

「お品はいるか」

「おかみさんですか、今近くの桂林寺に行ってますよ」

「桂林寺？」

桂林寺とは、海辺橋を渡った南側にある寺のひとつで、小さな寺である。尼ひとりが住んでいると聞いてはいたが、

「子供たちの顔を見に行ってたんですよ」

とお夏は言う。

なんの話かときょとんとした顔の弦一郎に、お夏はくすくす笑って、

「桂林寺には孤児が数人いつも暮らしています。松月尼《しょうげつに》さんが近隣の町の助けを借りて育てているんですが、おかみさんも米や味噌など、毎月届けていましてね」

「ほう、女ばかりか孤児にまで気配りしているのか」

「あら、旦那はご存知なかったんですね。おかみさんには女の子がいたらしいですよ。生活が苦しくて手放してしまった、その償いだとおっしゃって」

「いつの話だ」

「娘さんが三つの時に手放したって言ってましたから、もうかれこれ十五、六年も前のことだと思いますよ」

「…………」

弦一郎はいきなり意外なお品の一面を知らされた。

「おさちちゃんっていう名の女の子だったようですよ。おかみさんはその娘さんのために、五つになった、十《とお》になったと、会うことすら出来ないのに娘さんの着物を縫って……つい先日も、もうそろそろ嫁入りの着物を縫ってやらなくちゃ、なんて呉服屋さんを呼んでいましたからね、孤児の面倒みるのもきっと娘さんのことがあるからだと思いますよ」

「…………」

「ほんと、旦那だからこんな話したんだけど、私、もらい泣きしてます」

「…………」

「あら、お茶も入れないですみません」

鼻をちんとかんで立ち上がろうとしたお夏を、

「いや、茶はいい」

弦一郎は断って店の外に出た。

海辺橋は仙臺堀に架かる橋だが、目と鼻の先にある。

その橋を渡って桂林寺の境内に入ってみると、お品は幼い子供たちの輪の中にいた。

子供たちは手を繋いで、歌いながらお品の周りを回っている。

まわりのまわりの小仏さん
　何で背が低いかな

親の日にととくって、それで背が低いかな

まだ十にもならぬ子供たち五人ほどが、お品を囲み、手を繋いで輪になって歌いながら回っている。

弦一郎は離れて立ち、子供たちとお品とを交互に眺めながら微笑んで見ていたが、しゃがんで顔を覆ったお品の右手を見て、はっとした。

お品は右手の指三本を包帯で包んでいた。包帯は白く、まだ怪我をして間もないように見受けられた。

子供の一人が弦一郎に気づいたのか、お品の肩を叩き、こっちを指さしてお品に報せた。

「これは旦那、お久しぶりですね」

お品は、にこにこして近づいて来た。

「どうしているかと思ってな、店に寄ったんだが」

「お夏から聞いたのね、ここにいるって」

と言った目が、弦一郎の懐に注がれた。

「まあ、可愛い」

「預かりものだ」

子犬がむくむくと顔を出している。

説明するまもなく、

「子犬だ、わんちゃんだ」

誰かが叫んだと思ったら、あっというまに弦一郎は子供たちに囲まれていた。

「なんていう名前？」

「男の子？……女の子？」

「この犬、お侍さんの犬かい？」

子供たちは、目を輝かせて訊いてくる。みんな純粋で澄んだ美しい目をしていた。

「いい子だ、いい子だ」

「ちょっと抱かせてくれないかい」

子犬の頭を撫でる子、抱きかかえる子、いっとき境内は子犬の出現に歓声があがった。

「口にこそ出さないけど、みんな親に捨てられた子供たちだからね」

お品はしみじみとそう言ったが、八ツの鐘が鳴ったのを潮に、

「さあさあ、もうおしまい。この子はまだ赤ちゃんだから疲れちまう。また今度ね」

子供たちの手から子犬を引き取って弦一郎の腕に返してきた。

「お侍さん、また連れて来ておくれよ」

男の子がそう言うと、

「わんちゃん行かないで。行っちゃ嫌だ」

泣きじゃくる女の子まで出てきたのである。

「また来て貰いましょうね。このお品からもお願いしておきますから、みんなはお手

伝いの時間でしょ」

お品はそう言うと、子供たちの頭を一人一人撫で、

「庵主さんのいうことを聞くんだよ。それから手習いも一生懸命しなきゃね」

言い聞かせてから、弦一郎と一緒に桂林寺を出た。

三

「ああ、今日は富士山が綺麗に見える」

お品は仙臺堀に架かる海辺橋の中ほどに立ち止まると、西の空を眺めて言った。

弦一郎も立ち止まると、くっきりと稜線を見せる富士山を仰いだ。まだ雪は頂いてはいない。だが紫がかったねずみ色の姿を見るのも墨絵を見ているようで美しかった。

「旦那、ありがとね。その子犬のお陰で、どれほど子供たちの心が和《なご》んだか、恩に着ます」

お品は弦一郎の懐にちらと目を遣った。

子犬は疲れて眠っているのか、ぴくりともしない。

「なに、このチビも嬉しかったに違いない」

「まっすぐ育ってほしいですからね。あの子たちにとってこの世は決して住みやすいものではないかもしれないけど、そんなもの跳ね返して、立派に生き抜いてほしいって思っているんですよ。償いも込めてね」

「お品」

弦一郎は、しみじみと言ったお品の顔を見た。

「旦那、お夏から聞いたでしょ、子供のこと……そうなんですよ、旦那から見れば色気もなんにもないあたしに、子供がいたんですよ」

お品は、弦一郎の視線を避けるように堀の流れに目を遣った。

「おさちという名の女の子だったらしいな」

「ええ、泣く泣く娘を手放したあの日のことは忘れやしない」

冷たい川風が、お品のほつれ毛を揺らしている。

「……」

弦一郎は昔を見るようなお品の横顔をじっと見詰めて、次の言葉を待った。

「旦那、あたしはね、人には言えないような暗い過去がありますのさ。あんまり人に言うような話じゃないけど、旦那のようにいい男とこんなところに並んで立つと話したくなっちまいましたよ。聞いてくれますか」

「聞かせてくれ。是非にも聞きたいものだ。どうしてそんなに気丈に生きられるのか、俺は感心していたのだ」

弦一郎はわざと冗談まぎれに言った。それほどお品の顔には、これまで見たこともない深い翳《かげ》りがみえ、辛い話に違いないと直感したからだった。

「旦那……」

お品はふっと笑うと、

「あたしはね、若い頃には男に体を売ってた女なんですよ」

静かに語り始めた。目は遠くを見詰めている。

「ふむ」

「生まれたのは池袋、家は小百姓で苦しくってね。ばあちゃんじいちゃんに、弟に妹二人、おっかさんの腹には赤子がいて、それであたしは自分から進んで女郎になったんですよ」

この御府内ではさすがに辛いと思ったお品は、品川の女郎宿に身売りしたのであった。

「すまねえな、お品。これでひといきつける」

父親はお品と別れ際に、身売りの金八両を手にして何度も頭を下げたのである。

哀しい父親の姿だった。これまで自分を守ってくれる敬うべき人だった父親が、小娘の我が子に頭を下げる光景は、親子ともども惨めであった。

「あたしのことは気にしなくていいから。でも、おとっつぁん、今度生まれてくる子も、妹たちも、あたしのような思いはさせないで」

お品はそう言って父親を見送ると、その背に心の中で誓ったのだった。

——きっと私、ここから這いだしてやる。負けるものか。

お品は決意を実行するために、どんな些細な金でも貯めた。

嫌な男でも銭の種だと思って喜ばせた。

いい女がいると評判はすぐに立った。お品の客は店でも群を抜いて多くなった。

お品は徐々に客を選ぶようになる。選ぶ物指しは、客が金を持っているかいないか、その一点だった。

ただお品は、三年も過ぎるころになると、密かに好きな男もできて、その男がやってくるのを心待ちするようになっていた。

とはいえ、自分の心をその男に告げたことはない。男は浪人だったが妻子がいたし、お品などどうあがいても男の目には一介の女郎にしか映らないことがわかっていたからだ。

やがてお品は身ごもった。恋する男の子供なのか、あるいはお品の体を通り過ぎていった男の子供なのか、そんなことはわかりはしないが、お品は好いた男の子供だと思い込むことにした。

宿の主に厳しい言葉を浴びせられながら、お品は女の子を出産、おさちと名づけた。だが、女郎宿で娘を育てるのを許してくれたのは、娘が三歳を迎えるまでだったのだ。

お品は宿の主に促されて、品川にある妙徳寺の和尚に、おさちの将来を預けたのだった。つまり和尚の手で、おさちを養子にやるということだった。

その代わり、一生おさちの前に現れない、母だと名乗らないという約束をさせられたのである。

「そういうことなんですよ。その後、物好きなご隠居が身請けして品川から出してくれましてね、そのご隠居がすぐに亡くなっちまったもんだから、口入屋を始めたんですよ」

お品はそう言って話を締めくくった。

「苦労したな、お品」

「苦労なんて言葉では説明出来ませんよ」

「確かにな。それで寺に寄付をしたのか」

ちらりとお品の顔を見る。

「旦那、どうしてそんなことを」

お品の顔に怪訝《けげん》な色が走り抜けた。

「いや、珍しい扇子を持っていたろう……他にも同じ物を持っている人がいてな、その人から聞いたのだ。寺の屋根の葺き替えに協力した者に配ってくれたのだとな」

「ええ、まあね。あたしも気にいってたんだけどなくしてしまって」

「いつのことだ」

「いつだったか……気がついたら見あたらなくって」

お品は何を聞きたいんだというような顔で弦一郎を見た。弦一郎は小さく笑って返

したが、

「それはそうと、お品は数日前に神田に出かけたか。いやなに、あの万年屋の親父がお品さんを見かけたとかなんとか言っていたんだが」

更に訊いてみた。

「いいえ、どこにも」

「そうか、万年屋の見間違いか」

「いやですよ旦那、お役人みたいにいろいろ訊いて何なんですか」

「まったくだ」

弦一郎は笑った。

お品の過去を聞いたいま、お品の心をこれ以上悩ますような話を続ける勇気が弦一郎にはなかった。一生懸命生きてきたお品を、信じてやりたい気持ちになっていた。

「旦那、ちょいとお待ちくだせえ」

お品と肩を並べて店まで戻り、茶を一服貰って帰路についた弦一郎を呼び止めた者がいる。仙臺堀に架かる上の橋の北袂だった。

振り返ると、あの富蔵が近づいてきた。

「この間はどうも。いえなに、少し時間を頂けませんか」

富蔵は慇懃《いんぎん》にも頭をぺこりと下げてみせたが、その目は獲物を追う蛇のように薄気味悪い。

「富蔵といったな、何の用だ」

正直弦一郎はどきりとした。お品と別れて来たところである。

お品には扇子のことを訊いてはみたが、結局問い詰めることは出来なかった。お品の過去を聞かされて、これほど懸命に生きてきた女が、半次郎とかいうあんな悪人と関わりになる筈がないと思ったのだ。

だが、いったんはそう思ったものの、お品と別れてここまで歩いて来る間に、死んでいた半次郎の名を出して率直に聞いてみれば良かったと、ちょっぴり後悔していたのである。

そこへふいに富蔵が現れた。富蔵は妙徳寺が配った扇子の行き先を書いた紙を手にしていた。

お品に何か不利な手がかりでもつかんだのかも知れない。

ふとそんな気持ちに襲われたとき、

「何を驚いているんですか、旦那」

富蔵は冷たい笑みを口辺に浮かべると近づいてきた。

「旦那、実は一人、下手人じゃねえかと思える女が浮かび上がってきたんですがね。どうやら旦那とは懇意の仲のようですから、ひとこと伝えておかないと、またあのこうるさい鬼政がしゃしゃり出てくる。あっしの調べに横槍をいれられたくねえ、そう思いやしてね」

「誰のことを言っているのだ」

「惚《とぼ》けちゃ困りますぜ、旦那。いまさっき旦那が会っていた女ですよ。口入屋のお品です」

「お品が下手人だと……何を証拠にそんな話になったのだ」

「証拠はこの扇子ですよ。覚えておられると存じやすが」

富蔵は懐から例の扇子を取り出すと、弦一郎の目の前で開けてみせた。青い地色に七色の虹を掃いた美しい絵が現れた。

富蔵は、ぱちんと音を立てて扇子を閉じると、

「品川にある妙徳寺が三年前に配った扇子です。配った先は百軒、その中にお品が入っておりやして」

「ほう……しかしそれだけでお品が下手人とはな」

「ごもっともで。実はあっしは、配った先の名簿を手に入れやしてね、一人一人当たっておりやす」

「……」

「そしたらなんと、なくしたり誰かにあげたという者が十八人おりやした。お品もなくした者の一人ですが、その中で半次郎と関わりのある者を調べ上げたという訳でして」

「お品が半次郎と関わりがあったというのか」

「へい。それもただの仲ではございませんよ」

「何」

見返した弦一郎に、

「へっへっ」

いかにも意味ありげに冷笑を浮かべると、

「二人の関わりは今から十年も前の話で、そうそう、旦那は知っているのかどうか、お品は品川で女郎をやっていたんでさ。半次郎との関わりはその頃です」

富蔵は、鋭い視線をちらと投げると、二人の関わりを話し始めた。

当時お品は、品川の『梅之屋』という女郎宿にいたのだが、年に数回お品の客になる男がいた。それが半次郎だった。

半次郎は人相の良くない男だったが金払いは良かったらしい。

他の女が半次郎を敬遠したがるのにお品は平気だった。顔の造作など気にするお品ではない。一日も早く宿を出たいと思っていたお品にとって、金を運んでくる男は、顔の造作がどうあれ大切な客の一人だった。

お品は、一度自分の相方になった男が、必ずまた自分を指名してくれるように男の心をつかむのがうまかったらしい。

半次郎も他の女に気をとられることはなかった。品川にやって来ると必ずお品のところに顔を出した。

そんなある日のことだった。

宿におぼこの娘が入って来た。おつねといった。

女将から男の扱いを教えてやるように言われたお品は、おつねに女郎のイロハを覚えこませようと努めてみたが、おつねはいつまでも泣きじゃくるだけで手がつけられない。

「運命だと思ってここはあきらめな。そしてはい上がるんだ。しっかり働いてここから出るんだよ」

お品はおつねに厳しく言った。

ところがおつねは、自分はこんな所に売られるなんて考えてもみなかった。江戸に一緒に遊びに行こうと誘われてついて来たら、ここに売られてしまったのだというのである。

「それじゃあ人さらいじゃないか。あんたをそんな目に遭わせた奴はなんていう名前か覚えているね」

お品が聞くと、おつねはその男とは、なんとあの下総の半次郎と言ったのだ。

それを聞いたお品は、おつねを救うために宿の主を説得した。この子はさらわれてやって来た娘だ。お上に知れると半次郎ばかりか宿の主も只ではすまないと……。

そうしてお品は、半次郎がお品に会いに宿にやって来たことを知ると、下働きの娘に頼んで知り合いの同心に密告したのであった。

深夜近く、宿は岡っ引を連れた同心に踏み込まれた。

半次郎は自分を密告したのはお品だと知り、怒りに任せてお品に殴りかかった。

小さな体のお品は、壁際まで吹っ飛んだ。だがお品は負けてはいなかった。血の滲んだ口元を手の甲で拭うと立ち上がって半次郎に向かって叫んだ。

「あたしはね、弱い者いじめは大嫌いさ、特に女を食い物にするのは許せない。あんたは鬼だ」

「このあま、馴染みの客に、なんて悪態だ」

半次郎がお品の首を絞めにかかったが、踏み込まれた同心と岡っ引に十手で打たれ足で蹴られて、這々《ほうほう》の体《てい》で逃げたのだった。

しかし半次郎の悪運もそこで尽きた。

その後江戸四宿には半次郎の人相書きが配布され、容易に御府内に入れなくなったのである。

その後の調べで半次郎は、トウシロの娘をさらってきて売り飛ばすだけでなく、宿場の飯盛り女たちを宿から足抜きさせて別の宿場に売り飛ばしていたことが判明した。

悪党を相手に一歩も引かなかったお品は一躍有名になった。

そのお陰でお品はその後、日本橋の醬油問屋のご隠居が身請けしてくれ、自由な身になったというのである。

「どうです旦那、面白い話だと思いませんか」

話し終えると富蔵は、弦一郎の顔色を窺った。

「なるほど、お前がお品に狙いをつけたのもわからないではないが、お品が半次郎と争っていたのを見た者がいるのか」

「そ、それは」

富蔵は口ごもった。手柄を急ぐ余り、肝腎の証人固めの方はおろそかになっているようだ。

「半次郎は悪党だったと聞く。お前の話からも良くわかった。だからこそだ。そんな悪党を殺したいほど憎んでいる者、あるいは逆に、半次郎の方が憎んでいる者、そういった者たちは一人や二人ではないはずだ」

「し、しかしこの扇子が」

「扇子は確かに寺が配ったものかもしれぬが、現場の近くに落ちていたというだけで、なんの関係もないのかもしれぬ」

「……」

富蔵は怯んだ。それを弦一郎は見逃さなかった。畳み込むようにつけ加えた。

「お前も知っての通りお品は俺の知り合いだ。誰もが納得いく証拠もなしにお縄にした時には、俺も黙ってはいない」

弦一郎は富蔵を睨めつけた。

富蔵は、弦一郎の視線を跳ね返して去って行ったが、

――油断ならない男だ。

弦一郎はお品の店に引き返した。

四

「旦那、その格好、まるで蓑虫じゃありませんか」

戸を開けて入って来た鬼政は、弦一郎の姿をみてくすくす笑うと、部屋の中で弦一郎の着物を広げて火熨斗《ひのし》をかけているおゆきに、ぺこりと頭を下げた。

それもそのはず、弦一郎は掛けの布団を背中からかけて前で合わせ、赤子がくるまれているような格好をしているのだ。

「なに、昨日のことだ。あの子犬を懐に入れて出かけたんだが、おしっこはするし、うんちはするし」

「懐にですかい」

「そうだ、遠慮なしにな」

「で、おゆきさんが洗ってくれたという訳ですね」

「それがなかなか乾かなくて、おとっつぁんの着物を持って来たんですけど、袖丈が合わなくて」

おゆきが火熨斗に指をちょんちょんと当てて熱の具合を見て言った。白い腕と細い指、おそらく家では家事のひとつもしていないに違いないのだが、弦一郎のために一生懸命精を出している姿は、なまめかしくて初々《ういうい》しい。

鬼政は、ちらとそんな風に思ったものだが、素知らぬ振りして、

「でしょうね、武蔵屋の旦那は恰幅はあるが背が旦那よりは低いでしょう。袖丈だけじゃなく着丈だって合わねえや」

鬼政はいつもの遠慮のない物言いをして笑った。

「鬼政さん、おとっつぁんが聞いていたら気を悪くしますよ」

「まったくだ。内緒ですよ、お嬢さん」

「お嬢さんだなんて、私、出戻りなんですから」

おゆきは弦一郎をちらと見て苦笑した。

「それで、わんちゃんはどうしたんですか。いやね、おふくろが、うちで面倒みてもいいんだから、旦那に言っておやりよなんていうものですからね」

「有り難いが昨日返してきた。やれやれだ。そうでなくともお品のことが気になっている。チビがいては動けぬからな」

「旦那、そのお品に会いに行ったそうですが、旦那の目から見ていかがでしたか」

「うむ……」

弦一郎は、富蔵に会ったのち、再びお品に話を聞きに引き返した一昨日のことを話した。

お品はその時、和泉橋辺りに出かけた覚えはない、私はそんなに暇ではないなどと一笑に付し、なぜそんな話を聞くのかと訝しい顔をしたのである。

弦一郎が案じている事の次第を説明し、富蔵という岡っ引から、お品と半次郎の間には、ただならぬ関係があったのだと聞いたがそれはどうかと尋ねると、お品はあっさり頷いたのだった。

だが、半次郎が橋の下で死んだことを話した時には、顔色に動揺が走り抜けたのを弦一郎は見たのである。

お品はその時、

「あの悪党が死んでしまったなんて……思い出すのも嫌な奴なんですよ」

ため息をついて見せた。ただ、

「でも旦那、私はね、女を食い物にする半次郎のような人間と出会ったからこそ、今こうして女口入れをやっているのかもしれません。いい働き口が見つかれば、身売りをするのを踏みとどまる女だっている筈だ……気休めかもしれませんが、そう信じているんですよ」

お品はそう言ったのだ。

動揺は見せたが、直接半次郎の死に関わったようには見えなかった。弦一郎はそれを信じた。

「旦那」

じっと聞いていた鬼政が顔を上げて言った。

「あっしは少し気になる話を聞いておりやして」

「なんだ、言ってみろ」

「へい。柳橋の小料理屋にお品が仕事を世話した女がいるんですが、十日前にお品が和泉橋を渡っているのを見たと言っているんですよ」

「十日前……あの事件があった日ではないな」

「へい。ですが、和泉橋なんか行ったことはないというさっきの話とは合いませんが……」

「ふーむ」

弦一郎は掛け布団をかき合わせた。すきま風は合わせている布団の、ちょっとした隙間を見つけてすうすう入ってくる。流石《さすが》に寒い。

「そのお話、確かなんですか。見間違いってこともあるでしょう」

火熨斗の仕事を終えたおゆきが、広げた着物をかき寄せながら言った。

「いや、橋の上ですれ違ってすぐに気づいたのだと言っておりやした。声をかけようかと喉まで出たのだが、あんまりお品が深刻な顔をしていたので声をかけそびれたと言っておりやして」

「でも十日前でしょう。事件当日の話じゃないわけだから」

「確かにその通りだが……」

思案顔して鬼政が足を組んだ時、

「ごめんくださいませ。片桐の旦那はいらっしゃいますか」

お夏が飛び込んできた。

「どうした、お夏」

弦一郎は青い顔をして頽《くずお》れたお夏に言った。

「お、おかみさんが、おかみさんが富蔵っていう親分にお縄をかけられて」

「何……」

立ち上がろうとしたが、そのまま腰を落とした。着替えなければ下着一枚、鬼政はともかくも、おゆきの手前身動きができない。

「おかみさんは知らないって言うのに、お前さんが殺《や》ったのは目に見えているとかなんとか言って」

お夏は声を震わせた。

弦一郎と鬼政は顔を見合わせた。

「おかみさんは連れていかれる時に私にこう言いました。旦那にこのこと知らせてくれって。頼みたいことがあるから、私が大番屋に引っ張られたら来てほしいって」

「わかった。お品とは浅からぬ縁だ」

「ありがとうございます」

「お夏さんといったね、正直に話して貰いてえんだが、おかみさんは、あの夕方激しい通り雨があった日に、家にいたのかい。それとも、どこかに出かけていたのかい」

「雨が夕方降った日ですね……」

お夏は、ちょっと考えていたが、

「お出かけしてました」

と言ったのである。お夏の意外な言葉は弦一郎たちをしばし黙らせた。

「旦那……」

鬼政は困惑した視線を送ってきた。弦一郎は頷いた後、お夏に訊いた。

「どこに出かけて行ったのだ」

「知りません。何もおっしゃらずにお出かけになりますから」

「すると、これまでにも、たびたび出かけているのだな」

「はい。あの、それが何か……私、いけないこと言ったのかしら」

「いやいや、本当のことを教えてくれればいいんだ。それがおかみさんのためだ」

「あの、私もいままで、何故行き先も告げずにお出かけなのか、口入れの仕事かなと思っていたのですが、ひょっとして」

「ひょっとして？」

鬼政の目が光る。

「昔養子に出した娘さんのことで何か……おかみさんが誰にも言えない、胸に秘めていることといったら娘さんのことしかありませんから」

「あの橋の近くに娘さんが住んでいるのかしらね」

おゆきが畳んだ着物を弦一郎の前に置いて言った。

「いえ、それはどうか……第一会ってはいけない、会えないんだって言ってましたから」

ああもこうもお夏は考えるが、

「でも旦那、旦那もご存知だと思いますが、おかみさんは人を殺すような恐ろしい人ではありません。この通りです、助けて下さい。おかみさんを頼りにしている多くの女たちがいます。その人たちのためにも、無罪放免、家に戻れるように、お願いします」

お夏は手をついて弦一郎に言った。

「お品さんのこと……そりゃあもう忘れたことはありませんよ。一緒に梅之屋で働いた仲間ですからね」

おいねは、大きな体をどっこいしょっと動かすと、店の奥で俵の中の籾米《もみごめ》を木箱の中に移している男に叫んだ。

「あんた、お客さんのお茶、早く……それはあとで私がやるから」

男は小さく頷くと、黙って台所の方に消えていった。

「亭主です」

おいねは自慢そうに告げた。

「何、亭主に茶を淹れさせていいのか。茶の心配など要らぬぞ」

弦一郎は遠慮して言った。

おいねが亭主と言った男は、いかにも小さなしょぼくれた男で、しかもおいねの勢いに何の反発も出来ないような無口な男に見えたのである。

「いいんですよ、旦那。あれで喜んでやってくれているんですから」

おいねはくすりと笑って、

「あたしはね、昔女郎をしていたことだって、人生の肥やしになった、根性のなかった私を鍛えてくれた、だからこそ今こうして夫を助けて商いをしているんだって自分を納得させているんですよ」

「………」

弦一郎は、笑みを湛えて頼もしそうな顔を見た。

「本当だよ、別に空元気で言ってるんじゃありませんよ。でもね、こうして堅気《かたぎ》の男の女房になってさ、出来はよくないけどとにかく元気なだけが取り柄の子供も一人おりますから、今は幸せですよ。そしてこの幸せをつかむことが出来たのは、姉さんと呼んでいたお品さんのお陰だと思っているんですよ」

「ほう、お品のな」

「ええ、あの人は口癖に、ここから出て、新しくやりなおさなきゃねって、その気持ちをしっかり持ってなきゃ駄目なんだって、そう言ってたんですよ」

「……」

「念じれば通じるってことはあるもんだって。お陰で大人しい亭主が見つかってさ、ねえあんた」

おいねは、茶を運んできた亭主に念を押した。

「はい、私はおいねを女房に出来て喜んでいます。なにしろ力は私よりありますから、俵だって軽々と運んでくれますし、客あしらいは私よりうまい。この品川には米屋は三軒ありますが、うちはお客が増えるいっぽうですからね。おいねは食も大きいかわりに働きもんで」

「あんた、余計なこと言うもんじゃないよ。梅之屋で月だ花だと人気のあったあたしを女房にした時、あんた何て言ってくれた……こんないい女と毎晩一緒に寝られるなんて夢のようだって、ほっぺたを何度もつねっていたじゃないか」

おいねが一喝すると、亭主はにやっと笑って奥へ引っ込んだ。

女郎あがりをものともせずに、おいねはしっかり幸せをつかんだようだ。

「ところでおいね、お品が人さらいの半次郎を同心に密告したという話だが、知っているな」

「もちろんですよ。そりゃあ怖かったですからね。お品さんが殺されるんじゃないかとひやひやしましたが、でもあのことがあって、あの娘、名前は忘れましたが助かったんですよ。あの娘だけじゃありませんよ。飯盛《めしもり》女や女郎たちも騙されて売り買いされることがなくなったんですから、女たちをかかえている宿や店もほっとしたと思いますよ」

「お品が娘を産んだのは、その騒動の前だな」

「ええ、おさちって娘さんを妙徳寺に渡してまもなくだったと思いますよ」

「そのおさちが何処に養子に出されたのか、お前は聞いているか」

「ええ、私は梅之屋の女将さんに聞きました。誰にも言うんじゃないよって念を押されたんですが、下谷の御武家の家だとか」

「何……名は？」

「確か……ちょっと待って下さい」

おいねは茶を飲みながら考えていたが、まもなく膝を打って告げた。

「松永様だ。そうだ、そういえば妙徳寺の和尚の碁敵で、松永長左衛門様」

「松永長左衛門」

弦一郎が復唱すると、おいねは深く頷いて、

「ほんとにあの時は……」

おいねは、遠くを見る目をみるみるうるませて、お品がおさちと別れた時のひとこまを語った。

その時、お品は泣きじゃくるおさちの手をとると、美しい手鞠をつかませたのだった。三歳の娘には両の手でやっと持てるような手鞠である。

蚕の五色の糸で巻いてある美しい手鞠だが、暇をみてお品が作ったものだった。

「いいかい、この手鞠には、おっかさんの祈りが込めてあるんだ。おさちよおさち、幸せになあれってね。歌ってみな、教えたろ」

お品はそういうと、手鞠を持ったおさちの手を包むようにして、歌った。

「ひとつとや、ひいとよあければ、しあわせに、しあわせに、遠くにみえる、富士の山、富士の山……おさち」

お品はまだ泣きじゃくっているおさちを促し、

「ふたつとや、てんてんてまりは、五色いろ、五色いろ、しあわせ運ぶ、虹のいろ、虹のいろ」

歌に合わせてお品はおさちの手に、ぎゅっぎゅっと力を入れる。おさちもまもなくたどたどしい口調で小さく口ずさみはじめた。

今度はお品が歌えなくなった。

「おさち、きっと会いに行くからね」

お品は声を震わせてそういうと、口を押さえて奥へ駆け込んだのだった。

会うことかなわぬという約束だったが、そうでも言わなければ手放せなかったに違いない。

「おっかさん、おっかさん」

泣き叫ぶおさちを、女将さんと若い衆が抱き留めて町駕籠《かご》に乗せ、お寺まで連れて行ったのだった。

おいねはそこまで話すと、ちんと鼻を擤《か》んだ。

「あんなに胸が痛んだことはなかったね。特にこうしてあたしにも子供が出来ただろ、母親の気持ちがさ……」

おいねは、声を詰まらせ、

「そんな人が、どうして半次郎を殺すなんて馬鹿なことをするもんかね。旦那、助けてやって下さいね、この通りです」

おいねは弦一郎に両手を合わせたのだった。

五

「お品、少し痩せたのではないか」

弦一郎は、小者に連れられて格子囲いの外へ出てきたお品に聞いた。それほどお品の顔色は悪かった。

「食事も残してばかりで、こっちも困ってまさ」

小者が言った。するとすかさずお品は、

「ふっ」

小さく笑った。小者の言葉に逆らうような気概を感じさせる笑みだった。

小者がそこに座れと弦一郎と鬼政の前を示すと、お品は何でも言う通りにはなるもんかというような目で小者を睨みつけたのち、示された座に膝を折った。

「寒くはありませんかい、お品さん。なんだったら、あっしが掻い巻きでも持ってきますぜ」

鬼政は、大番屋を見渡して言った。

この南茅場町《みなみかやばちよう》の大番屋は河岸に建っているから、日本橋川の冷たい川風がそのまま体当たりするように吹き込んでくる。番屋の外には日差しが見えるが、中は冷え冷えとしていた。

番屋に詰める役人には火鉢があるが牢屋にはない。そろそろどこの家でも炬燵《こたつ》が欲しくなる頃で、小柄なお品には堪えるに違いない、鬼政はそう思ったのだ。

「お品、この男はな、北町の詫間さんから手札を貰っている岡っ引の政五郎だ。俺が懇意にしている男でな、お前のことも案じてくれている。一緒にお前を助けてやろうと言ってくれている男だ。お前がここに昨日移されたことも、この政五郎から聞いたのだぞ」

弦一郎は鬼政をお品に紹介した。

「お品です。よろしくお願いします」

お品は頭を下げた。その時髪がぱらぱらと頬に落ちてきて、お品はそれを掻き上げながら俯いた。

――お品の顔から、あの豊かな表情が消えている。

弦一郎は、あまりの変わりように胸が痛んだ。

鬼政が聞いた話では、お品は頑として、人殺しなんてやってない、あの橋に行ってはいないと繰り返しているらしいのだが、しかし大番屋の牢に連れてこられたということは、八割方お品は半次郎殺しの張本人だと目されている証拠である。

あの富蔵が、きっと落とすという自信があってのことに違いないのだ。

一般にお縄を掛けられた者は、大番屋で奉行所から出向いて来た与力の調べを受ける。

同心や岡っ引が調べたことに間違いがないか吟味するものだが、ここで容疑が固まったら小伝馬町の牢屋に送られるのだ。

むろんシロクロはっきりしない場合もある訳だが、それまで同心や岡っ引が調べたことに信憑性があると判断されれば小伝馬町送りとなる。

そして本格的な調べは小伝馬町に移るのだが、ここでは奉行所も面子に賭けても白状させようとするのだから、これを逃れるのは容易ではない。

つまりこの大番屋が、犯罪人となるかどうかの関所であった。

いくら気丈なお品とはいえ、富蔵のような岡っ引にかかっては、簡単には逃れられまいと思うのである。

弦一郎は、おいねに会って来たことを告げ、

「お前が無罪放免されることを、お夏もおいねも、そしてお前が仕事を世話した女たちも待っているぞ。俺もお前を助けてやりたい。ただし、お品、ここから出るためには、けっして俺には嘘をつかぬこと、何でも正直に話してくれることだ、約束してくれ」

お品の目を捉えて言った。

お品は、しっかりと頷いた。

「ふむ。では尋ねるが、何故お夏に行き先も告げずに出かけるのだ……この鬼政の調べでは、あの橋の辺りでお前を見た者がいるのだ」

「……」

お品は絶句した。

「ひょっとして娘に会いに行ったのか？」

「だ、旦那」

狼狽があからさまに顔に見える。

「やっぱりそうか……しかし何故隠すのだ……半次郎と何か関わりがあるのか？」

「………」

「お品、俺を信用出来ないのか。どうにかして助けてやろうと考えているのに、お前がそんな態度では俺も動きようがない。そうだろう？」

「………」

「他言は致さぬ。俺と、この鬼政には本当のことを話してくれ」

弦一郎はじっと見詰めた。

「旦那……」

お品が覚悟を決めて話し始めたのは、まもなくだった。

「旦那、おっしゃる通りです。お話しいたします」

お品は座り直すと、

「おいねさんに会って来たとおっしゃいましたね。きっと私の娘のおさちのこともお聞きになったと思いますが、そのおさちが、下谷の松永長左衛門様に貰っていただいて幸という名になっていることは、おさちを松永様に養子に出して下さった和尚が、亡くなる前に私を呼んで教えてくれましてね。それからはちょくちょく松永様の屋敷の前まで出かけて行って、あの子が門から出て来るのをそっと見ておりました」

「会って名乗ろうというのではないのだな」

「そんなことが出来ますか、旦那……あたしは女郎だった女ですよ。実の母親が女郎だったなんて知ったら、娘はこの世もおしまいだと死んでしまうかもしれないじゃありませんか」

だが近頃たびたび下谷に行ったのは別の理由だった。

お品は、松永の屋敷に出入りする太七《たしち》という魚屋とだいぶん前から懇意になって屋敷内のことを聞いていた。

その太七が、屋敷の下男から聞いた話では、長左衛門は幸が道を踏み外しているのではないかと案じ、夜もおちおち寝られぬほどだというのであった。

長左衛門の子は幸ひとり、近々養子を迎えて松永の家を継がせようと考えていたらしいのだが、幸はまったくその気がないどころか、このままいったら家出もしかねない有様だというのである。

幸には両家も認める互いに好きあっていた許嫁がいたのだが、なぜか近頃その男とも会うのを嫌い、会っても男の前で愛想をつかせるような言動をして、とうとう喧嘩別れをしてしまった。

両国で遊びほうけるようになったのは、その頃からだとお品は聞いたのだ。

なるほどお品が遠くから見る限り、幸は着物も短く着て、帯も町人の娘のようにだらりと結び、男物の巾着を振り回しながら男たちとあっちの店を覗き、こっちの店を覗きして、冷やかし半分で町中を闊歩して行くのである。

お品はめまいがするほど驚いた。

認めたくない事実を見せつけられたが、幸は紛れもなく自分が産んだ娘だと思った。

わざとすれ違って見た幸の顔は、睫が長く黒い目をして、愛らしい唇は、お品にはない造作だが、生まれた時から三歳まで育てているお品にはわかる。

お品は思案の末に太七を通じて、幸を麴町平河町のおしるこ屋の二階に呼び出したのだった。

お品は幸の母親の友達だということにした。

幸を育ててくれた松永の育ての母は亡くなっていたから、母親の知り合いだと名乗っても、幸が確かめるすべはないだろうと考えたのだ。

幸が育ての母を本当の母だと信じていたとしても、また、産みの母親がいることを知っていたとしても、どちらにも差し障りのないように配慮したのである。

実際来てくれるものなのかどうか不安だったが、幸は現れた。

二階で待っていたお品の耳に、とんとんと軽やかな娘の足音が階段を登ってくるのが聞こえた時、お品の心は潰れてしまうほど切なかった。

幸は無造作に戸を開けると、しばらくその敷居際に突っ立ってお品の顔を見た。

崩れた着物の着方はしているが、まじまじと近くで見ると、これが自分の娘かと見紛うほど美しい娘になっていた。透き通るような白い肌、品の良い口元、お品は心の中で松永に感謝した。

「私を呼んだのは、おばさんだね」

でも幸は、そこに突っ立ったまま町の長屋に住む娘のような口調で言った。

「おさち、いいえ、幸さんですね」

ぎごちない声がお品の口から出た。

「そうだけど、何の用ですか」

「まあこちらに、お入り下さいませ。今甘いものを運んでもらいますから」

考えていた通りにしゃべっているつもりだったが、自分でも声が震えているのがわかった。

「いらないよ、そんなものは……用件は何」

つっけんどんな幸である。

「余計なことだけどね、お嬢さんのことが心配で、それで来ていただいたんですよ。幸さん、お父上様がご心配になっていますよ」

お品は幸に、心を入れ替えて悪い仲間と縁を切り、父親を安心させてやるよう訥々と言った。

「お品さんといったよね、いったい何様のつもりなんですか。母上の友達だって？……同じ母親でも私を産んで捨てた母親の友達ですか」

幸の顔はひきつっている。

幸はやはり、亡くなった母とは別に、産みの母がいることは知っているようだ。

「幸さん」

「それともあんたが私を捨てた人かしら……」

幸は、冷ややかに笑ってみせると、

「どっちでもいいけど、迷惑です。ほっといて下さい」

幸は冷たい視線でじっと見た。およそ人としての親愛の情のかけらもないような冷たい表情だった。

これが私の娘かと愕然とした。

だが、どんな目で見られようとも、娘をこのようにした責任は自分にある。命を張ってでも素直な娘に戻さなければならない、お品は思い直して言った。

「ほっとけないんですよ。幸さんを大切に育てて下さったお父上様のためにも……幸さんが自分であの者たちと縁が切れないというのなら、私があの男たちに言ってあげます」

「止めて！　よけいなことをしたら許さないから……それに、私を呼び出すのも金輪際にして下さい」

幸は言い、ぷいと背を向けて階段を駆け下りて行ったのである。

俄に雨が降り、雷が鳴り、そのことがお品を一層不安にさせた。

──おさち、目を覚ましておくれ。おっかさんは祈っているからね。

激しい雨の音を聞き、青い閃光を障子越しに浴びながら、お品は泣いた。

激しい稲光は、お品に向けられた幸の怒りそのもののように思えたのだ。

生き別れになった者たちが再会した時の、胸の奥底にあたためてきた言葉にならない感慨と感動をどこかで期待していたお品は打ちのめされた。

これまでどんな目に遭っても、泣けば負けだと歯を食いしばってきたお品だったが、涙は止めどなく流れてきた。

雨が止み、雷も遠くに去った半刻後、お品はようやくおしるこ屋を後にした。


「旦那……」

そこまで話すと、お品は弦一郎の顔を改めて見た。

「和泉橋を渡ろうとした時に、半次郎に声をかけられましてね」

「ふむ」

「その時、半次郎はこう言いました。お前の娘が武家に貰われていたとはな……半次郎は私がおしるこ屋に入るのを見ていたんですよ」

ぎょっとして見返すと、半次郎は冷笑を浮かべて近づいて来た。

「久しぶりだなお品、どうだい、そこらで一杯やらねえか」

半次郎は卑猥な笑みを見せた。

「ふん」

お品が無視して行きかけると、

「待ちな、品川の女郎の娘だと、あの子に告げてもいいんだな」

「おまえさんて人間は……」

「何もそんな恐ろしい目をしなくてもいいじゃねえか。俺はおめえのお陰で、あれから飯の食い上げだったんだぜ」

「何言ってんだい。自業自得だよ。言っとくけどね、あの子に妙なことを言ってみな、あたしゃ只じゃあおかないよ」

「何も難しいことを言ってるんじゃねえんだ。ちっとばかり口止め料を出してくれりゃあそれでいいんだ」

「馬鹿なことを。あんたはまだあの時の罪を償ってはいないんだ。これ以上無体なことを言うのなら、もう一度訴えてやる」

「ばばあめ、どこまで俺に逆らう気だ」

半次郎はつかみかかってきた。

刹那、お品の鼻を酒の匂いが襲ってきた。

——酔っている。

お品は思った。同時に半次郎の足を思い切り踏んづけた。

「いてて、何しやがる」

お品の襟をつかんでいた手が離れたとき、お品は帯に挟んでいた扇子を引き抜いて、半次郎の目をついた。

「いたたたた」

ひっくりかえって目を押さえる半次郎の隙を狙って、お品はその場を駆け去ったのだ。

「そういうことですよ、旦那。確かに半次郎と言い争いましたが、あたしは殺してはおりませんよ。扇子をなくしたと知ったのは、家に帰ってきてからです」

「わかった。お前の言葉を信じよう」

「旦那、ありがとう」

お品は声を詰まらせる。

「その代わり約束してくれ。ここを出るのだと、諦めぬとな」

「はい」

お品はしおらしく頷いた。

六

「片桐弦一郎殿と申されましたな」

弦一郎の前に現れた松永長左衛門は、齢六十前後の痩せた男だった。綿入れの袖無し羽織を着て、弦一郎の前に座って背を伸ばしたその端正な姿からは、まだ矍鑠《かくしゃく》としたものが窺えた。

「はい、主家が潰れ、今は渡り用人をして糊口をしのぐ浪人でござる」

「ふむ、浪人とな」

「はい」

「わしも禄は頂いておるが仕事がない。同じようなものだ」

長左衛門は口辺にちらりと苦い笑みを作ってみせると、ごま塩頭を振り向けて、

「して、娘の幸のことで話があるとか……何かそちらにご迷惑でもかけたのですかな」

どんぐりのような眼差しで弦一郎をひたと見た。

「いえ、そういうことではなく、お頼みしたいことがあって参ったのです」

「頼み……」

長左衛門は見返した。長左衛門の目はかなり奥目で、その奥からまんまるい目を向けられると、からめとられて動けなくなるような感じがした。

「はい。十日ほど前のことでござるが、夕刻に雷雨に見舞われたのを覚えておられますか」

「うむ」

何の話かと、長左衛門は怪訝な目の色をした。

「そのおりに、和泉橋近くの、麹町平河町のしるこ屋で、幸殿はお品という女と会っていた」

「何、今なんと申された」

まんまるい目の玉が驚いて飛び出してきそうである。

「ご記憶にありましたか。あのお品です」

長左衛門は絶句した。だがまもなく静かに訊いた。

「娘は、幸はお品と何を話していたのかご存知か」

「町の悪い奴らとのつきあいを断つようにとお品にこんこんと諭されていた」

「………」

「お品は幸殿の行状を目の当たりに見て知っている。見過ごすことは出来なかったのだ」

「まさか、産みの母だと名乗ったのではあるまいな」

「お品はそんな人間ではない。幸殿には、あなたの母上の友達だと言ってあるそうです」

「………」

「だが、聞いてもらえなかったようです。幸殿はお品の言葉をみなまで聞かぬうちに店を飛び出したようですから」

「ふむ。あれは、近頃では人の忠告など聞いてはくれぬ。わしもほとほと手を焼いておるのだが……」

哀しげな目を庭に投げた。

庭には落ち葉が散り敷いていて秋の深さが感じられる。

寂しげな長左衛門の横顔に、弦一郎は語りかけた。

「このようなことをお聞きしては憚りあろうかと存ずるが、何か心当たりがおありですか」

「いや」

長左衛門は弱々しく首を振ると、

「妻が一年前に亡くなってからだ。外を出歩くのが多くなったと案じていたら、町の不良どもと遊んでいることがわかった。わしも強くは言えぬのだ。あれが生き甲斐だ。一度も養女だと思ったことはない。何とか昔の幸に戻ってくれるのを願っているのだが……はて」

途方にくれた顔をした。長左衛門は偽りを言っているようにはみられなかった。心底娘を案じている顔だった。御家人という身分も忘れ、娘に翻弄される一人の老いた父親だった。

弦一郎は長左衛門を気の毒に思った。小さく頷いて長左衛門の顔を見ていると、

「それで……」

長左衛門は顔色を元に戻して何の頼みかと訊いてきた。

「実は、お品はおしるこ屋を出てまもなく、半次郎という男に呼び止められまして」

弦一郎は、掻い摘んでお品の身にふりかかった事件を話し、幸がその日にお品とおしるこ屋で会っていたことを番屋に証してくれれば、お品への疑惑も晴れる、協力していただけぬかと告げた。

実は鬼政からの報告で、富蔵が何をもってお品を下手人としているのかわかってきたのであった。

富蔵は、お品はひと月もの間、和泉橋あたりにたびたび姿を見せており、それはひとえに半次郎を待ち伏せしようとしたものだと上に報告しているようだった。

あの日の夕刻は雨上がりだった。通行人もなく二人の諍《いさか》いを実見した者もいないのをいいことに、ただ一つの証拠の扇子で、何とか強行突破をはかろうとしているようだ。

鬼政が苦々しい顔でそう言っていたのである。

そこで弦一郎は、長左衛門を訪ねて来た。

お品があのあたりをうろうろしていたのは、娘のおさちを案じてのこと、それを証明してやれば、少なくともお品が半次郎を殺める機会を狙っていたとする富蔵の仮説はくずれることになる。

だが、話を聞き終わった長左衛門は、渋い顔をして弦一郎を見た。

「断る」

長左衛門は、きっぱりと言った。

「長左衛門殿、人ひとりの命がかかっているのですぞ」

「いったい娘にどう言えばいいのだ。お品を助けようとすれば、幸には全てを告げてやらねば、かえって不審に思うに違いない」

「………」

「幸には産みの母がお品とは告げてはおらぬのだ。亡くなった妻の遠縁から養女に貰ったものだと言い聞かせてある」

「しかし……」

「ご存知かどうか。亡くなった妙徳寺の和尚との約束だったのだ。お品は決して名乗らぬ、会わぬとな。幸が長じて自分の母が女郎だと知ったらどうなるのか、それが案じられたからだ」

「お言葉ながら、女郎の身がそれほど恥ずかしいものでしょうか。先にもお話ししたが、お品は家の事情のために女郎になったのです。しかし、その不運を跳ね返して苦界から出て、今は一人でも自分のような辛い女がいなくなるようにと口入屋をやっている。そればかりか、店の売り上げの大半を孤児への施しに回している。泣く泣く手放した娘への詫びの気持ちだと言っておったが、誰にでも真似の出来ることではないと私は思いますが……」

「……」

長左衛門が黙って大きく息をついた。弦一郎はさらに言葉を継いだ。

「私はお品にはこんな話はしていないが、武士のはしくれとしての我が身を恥ずかしく思ったものです。失礼ながら長左衛門殿、貴殿は何か人助けをした覚えがございますか？　これといって誰かに救いの手をさしのべたことがなくても、武士は当然のごとく大きな顔で生きている。それどころか、武家は皆、百姓町人によって生かされているのです。何もしなくても糊口をしのぐことが出来るのは、武士だけです。懸命に、体を張り、命を賭けて生きている町人のどこを、われわれ武士が蔑むことが出来るのでしょうか」

弦一郎は、思わず熱が入った。長左衛門の顔に怒りが走り、それを必死に押し止めようとしているのが分かったが、更に続けた。

「お品は、娘御の将来を思い、幸殿があゝでは長左衛門殿に申しわけないと思い、なんとかしなければという気持ちがつのりやったことですぞ」

「………」

「母の心です。せっぱ詰まった思いだったのだ。母と名乗るためではない。幸殿と長左衛門殿の幸せを考えてのことだったのです。いわずもがなの話ですが、私にも老いた母がおります。長左衛門殿にも母上様はおられた。母というものがどんなに我が子に心を痛めるものか、知らぬ筈はないと存ずるが……」

「………」

弦一郎は黙然として座る長左衛門に一礼すると、座を立って廊下に出た。

だが、そこで足を止めた。

庭の前栽《せんざい》の側に、娘が険しい顔をして立っていたのだ。その姿は、お品から聞いていた通り、驚くべき格好だった。

髪は崩して若衆のように結い、赤い襟に浅黄色の江戸小紋、それに袴をつけている。これから町へ出ようとしているところらしい。

「幸殿かな」

弦一郎は静かに近づこうとした。

だが幸は、返答もせずにくるりと背を向けて垣根の外に出て行ったのだった。

「……………」

一陣の冷たい風が幸が去った庭に枯れた葉を舞い上げる。弦一郎は今出てきた座敷を振り返った。

ことりとも音がしない。だが部屋の中で息を殺して沈思する長左衛門の姿が見えるようだった。

「旦那、お帰りでしたか」

鬼政は上がり框に腰を下ろすと、体をねじって弦一郎が食している夜食をちらと眺めた。

お菜はさといもの煮っころがしと、とろろ汁、それに鮭の塩焼き、からし茄子が膳に載りきれないほどに並んでいる。

「ずいぶんと豪勢な食事でございますね。そうか、おゆきさんか。近頃はあっしの店にも足が遠のいたと思ったら、なるほどね。おや、あっしの好きなからし茄子が……」

言いながらずいと膳の側まで入って来て、からし茄子に手を伸ばし、ぱくりと口に運んだ。

「おい、話があって来たのではないのか」

「そうでした。一日中走っていたものですから、すいません」

苦笑いをして座り直すと、

「妙な話を聞いてきましたぜ、旦那」

険しい顔で言った。

「お品のことだな。悪い報せか」

「いえ、富蔵のことです。どんでん返しになるような話ですぜ」

「よし、話せ」

弦一郎は食事の手を止めて膳を脇に寄せると鬼政に向いた。

「このままだとお品さんは小伝馬町の牢に送られる。なんとか富蔵の弱みを捜して奴と取引きでもしてやろうかと富蔵の昔を調べていたんです」

「うむ」

「生まれは掛川、水呑百姓の倅《せがれ》で、次男坊。家の跡は取れませんから十三歳で家を出され、神田の下駄職人に弟子入りしているんですが、十七、八の頃から悪い遊びを覚えましてね、賭場にも出入りするようになり、三十を過ぎる頃には、いっぱしの悪人になりあがっておりまして」

まもなくのこと、当時火付盗賊改役だった稲村将監《いなむらしょうげん》配下の者が火付けの犯人を追って馬喰町の賭場に踏み込んだが、その時富蔵も捕まった。

だがこれを契機に富蔵は将監配下の同心の下で働くようになり、現在に至っている。

火付盗賊改役の手先には結構そういうやからがいるのは事実だが、富蔵には悪の道に入るきっかけを作った、人にはいえない暗い過去があったのだ。

それは、富蔵が十七の時だった。

一つ違いの妹おまきが行方不明になった。神隠しかと大騒ぎになったが、村人の一人が江戸に向かう街道をおまきが歩いているのを見たと言い出して、おまきは富蔵を頼って江戸に行ったのだということになった。

知らせを受けた富蔵はおまきを待ったが、待てど暮らせど現れない。

そのうちに人さらいにあったんじゃないか、どこかでのたれ死にしてるんじゃないか、はたまた江戸には来たが悪い奴に連れ去られたんじゃないかという様々な臆測が流れて、富蔵は親方に暇を貰って御府内をくまなく歩いて捜して回ったのだ。

やがて下駄を納めている知り合いの店の手代から、深川の裾継《すそつぎ》で女郎をやらされている者の中にそれらしき人がいると聞き、富蔵はすぐに向かった。女将に確かめるとやはりおまきだった。だが、おまきはまた何者かに連れ出されて、どこかに売られて行ったらしく会えなかったのだ。

夜の町を妹のおまきを捜して歩いているうちに、富蔵は闇の世界に足を踏み入れるようになっていった。

賭場の手入れがあり、火付盗賊改役の手下として働けるようになったのはもっけの幸い、そこで立ち直る機会を貰ったのだが、富蔵には十手を握る目的が別にあったのだ。

同じ手下をやっていた男に、

「妹を闇の世界に蹴落とした男の名がわかってるんだ。奴は許せねえ、奴をあっしの手で縛りあげるのが目的だ」

恐ろしい顔で、そう言っていたというのである。


「旦那、そういうことです」

鬼政はそこまで告げると、ちらと弦一郎の表情を窺った。

「つまりこうだな。お前が考えているのは、富蔵が追っていた男というのが、半次郎じゃなかったかと……」

「その通りです」

鬼政は頷いた。

「問題は、富蔵が恨みに思っていた男が半次郎だとして、あの事件が起きた時刻に、富蔵の姿を橋の上で見た者がいたかどうかだな」

「へい、すぐに調べねえと、ぐずぐずしてたら、お品さんが下手人にされちまいますからね」

「よし、明日から手分けして俺も当たろう」

「それじゃあ、あっしはこれで」

鬼政が昂揚した顔で立ち上がった時、がらりと戸が開いて、幸が入ってきた。

「幸殿」

弦一郎は驚いて鬼政と顔を見合わせた。

出で立ちは屋敷で見たそのままだったが、その表情は違った。真剣な顔をしていて、悲壮感さえ漂わせている。

「いかが致した。とにかく中に入りなさい」

「どうぞこちらへ」

鬼政も上がり框を幸に勧める。

「片桐様でございましたね。本日は父上を訪ねていただきありがとうございました」

武家の娘らしい挨拶をした。身近に見る幸は、肌も透き通るように白く、武家の娘らしい凜としたものも見える。

これがあのお品の産んだ娘だとは……信じられないような姿だった。

「いや、あのあと幸殿とお父上のことが案じられたのだが、出過ぎたことをしたのではないかと思ってな」

「いいえ、私、盗み聞きしておりました。疑問が解けてありがたく思っています」

幸は、落ち着いた態度でそう言うと、鬼政が手で勧める框に腰かけ、

「私、ずっと前から、自分の生い立ちについておかしいと思っていました。父上は亡くなった母上の遠縁の娘だと申しましたが、その人が誰なのかはっきり言ってはくれませんでした。でも私、母上が亡くなる直前にとうとう本当のことを聞き出したのです。品川の妙徳寺の和尚の世話で貰われて来たことを……」

「………」

弦一郎は、幸の顔をじっと見た。

「母上はその時申しました。あなたがどこから貰われて来たか、そんなことは関係ない。私たちの娘だと……。でも私、それでも納得出来なくて、自分がどこから来てここにいるのか知りたくて、母上が亡くなったあと、私は品川に出向きました。そして私、お女郎さんの娘であったことを知ったのです」

「だから悪い男たちと出歩くようになったというのか」

「いざ本当のことを聞きますと、自分が嫌になってしまって……そんな血が私に流れているると思うと」

「馬鹿な、人の値打ちをそんな偏見で決めてはいかんな」

「ええ、片桐様のお話を聞きまして反省しました。私、本当は、おしるこ屋であの人に会った時にピンときていたんです。私の産みの母だとわかっていたのです」

「でも、素直にはなれなかった」

幸は頷いて俯《うつむ》いた。俯いたまま小さな声で言った。

「私、産みの母が恋しかった。でも同じくらい憎かったんです。あの人に優しい言葉をかけられても、我が子を捨てて何が産みの母親だと……でも本当は、産みの母のこと、忘れたことはございません。泣きながら別れたことは忘れていないのです」

右に左に揺れる心を、幸は吐き出すように言った。

「そうか、そうだな、無理もない」

「………」

「しかしお品がこのことを聞いたらどんなに喜ぶか……。幸殿、お品はな、会える筈もないそなたの着物を縫っては眺め、縫っては眺めして暮らして来ているのだ。そなたの幸せを祈ってきたのだ。おさちが五つになった、十になったとな。近頃は嫁入りの着物を縫っているところだと聞いている」

「……」

俯いている幸が、袖で目頭を押さえている。幸は泣いていた。

弦一郎は、しばらく幸を見守った。

幸がすすり泣き、やがてその涙を拭うのを待ってから言った。

「お品と会っていたことを番屋に告げてくれるな」

「告げました、告げましたけど」

幸は顔を上げると、

「聞き入れて貰えませんでした。それでこちらに参ったのです」

きっと歯を食いしばって弦一郎を見た。

「富蔵という岡っ引だな」

側から鬼政が言った。

「はい。あの人、自分が突き落としておいて」

「何、幸殿、今なんと申された」

「私、あの人に会って、ああこの人だったと思ったのです」

「見たのか、橋から突き落とすのを」

「はい。私、おしるこ屋を飛び出したものの、やっぱり母が恋しくて、憎いのに恋しくて、隣の店の軒下で雨をやり過ごしていました。そのうちに母が出てくるに違いない。せめてその後ろ姿を見送りたいと……」

「話してくれ、詳しくな」

「はい」

幸はしっかりと頷いた。

七

大番屋の戸が開いたと思ったら、同心が出てきた。

続いて、

「さあ、行こうか」

富蔵がお品の肩を乱暴に押して出てきた。

お品は両手を後ろに回されて腕を縛られ、腰には縄がつけられていて、富蔵はその縄を持っている。小伝馬町送りが決まったのだ。

お品は振り返ると、きっと富蔵を睨んで言った。

「あたしはやってないからね。親分の思い通りにはならないから」

「うるせえ。さっさと歩け！」

富蔵はお品の腰を足の裏で蹴り上げた。

「止めろ、その縄を解け」

富蔵たちの前に現れたのは、弦一郎と鬼政だった。

「だ、旦那」

驚くお品に、

「お品、お前の無実は晴れた。今助けてやるから待っておれ」

「なんだと、片桐といったな。お品の小伝馬町送りは決まったことだ。お上に逆らえばどうなるのかわかっているのか」

「南町の旦那」

富蔵の喚くのを無視して、鬼政は同心に近づくと、耳打ちをした。

「何、それはまことか」

同心は驚愕の目を、ちらと富蔵に向けた。

「お品をお解き放ち下さいまし」

鬼政が丁寧に言った時、

「旦那、何を耳打ちされたか知りやせんが、入牢証文まで出てこの道行きですぜ。北の岡っ引の言うことなんざ気にすることはござんせん」

「黙れ富蔵、今何を俺が聞いたか、こちらの二人に聞かせて貰うのだな」

「だ、旦那」

「富蔵さんよ。おめえさんこそ半次郎殺しの張本人、その縄を離して自分にかけるんだな」

鬼政がずいと出て言った。

「なんだとてめえ、手柄ほしさに話を作りやがったな」

富蔵も気色《けしき》ばむ。

「富蔵、お前が半次郎を橋の下に突き落とすのを見た者がいるのだ」

「何……」

富蔵の顔に狼狽が走った。

「説明してやるから、よく聞くんだ。富蔵、お前は半次郎がお品とやり合ったあと、半次郎を呼び止めたんだ……」


半次郎は酔っていたため、立ち上がっても足がおぼつかなかった。

「待ちな、人さらいの半次郎ってのは、おめえのことだな」

「なんでえ、てめえは」

半次郎は振り返って言った。

「てめえにお縄をかけたくて、ずっと捜していたんだ」

富蔵は十手を引き抜くと、半次郎の胸を叩いた。

「ふん、何しやがる」

「おまきを知っているな」

「おまきだと、知らねえな」

「知らねえ筈はねえ、深川の裾継に売ったのはおめえだってわかっているんだ」

「知らねえ、知らねえ」

「野郎！」

富蔵は半次郎を十手で打ち据えた。ぎりぎり首を絞めながら言った。

「今どこにいる……おまきはどこにいる。言わねえと殺す」

「ま、待ってくれ。お、おまきはとっくに死んでいる。板橋の宿でな」

「死んだ……」

「病気だ、俺のせいじゃねえぜ。家が貧乏だから金になる働きをしてえと言ったのは、おまきだったんだ」

「うるせえ、よくもよくも」

富蔵は半次郎の首を欄干の上で締め上げると、のけ反った半次郎をどんと押して橋の下に突き落とした。

どすんという鈍い音を聞きながら、富蔵は荒い息をしていたが、ふと足下に落ちている扇子に気づいた。

取り上げて、そして次の瞬間何かがひらめいたような顔をして、その扇子を半次郎が落ちた辺りに投げ落としたのだった。

「どうだい、思い出したか富蔵、お前はそのあと、素知らぬ振りして番屋に見廻りのような顔で立ち寄っていたのだ。案の定報せが来て、何食わぬ顔で橋の下に行き、扇子が証拠だと言いつのり、お品を犯人に仕立て上げたのだ」

「ちくしょう」

小さく富蔵は口走ると、お品を弦一郎の方に突き倒して、後方に走った。

「待て！」

鬼政が追いかけるよりも早く、弦一郎が小柄を引き抜いて富蔵の足下めがけて投げた。

「あぁ！」

富蔵は叫びとともに前のめりにどさりと倒れた。

「半次郎殺しの罪だ。神妙にしろ」

鬼政が縄をかけた。

「富蔵、馬鹿なことをしてくれたな」

南町の同心は哀しげな目で富蔵を見下ろした。

そこに北町の同心詫間晋助が近づいて来た。

「旦那、ありがとう」

お品は手を合わせた。思いがけない展開に腰が抜けたのか、地面に座ったままだ。

「良かったな、お品」

「旦那のお陰です、ありがとうございます」

「いや、お前を助けてくれたのはお前の娘だ」

「おさち？」

「そうだ、おさちの証言がお前を救ったのだ。おさちはな、ここにいる鬼政と北町奉行所まで出向き、あの晩見たこと全てを話したのだ」

「おさち……」

お品に子細がわかる筈もないのだ。おさちが救ってくれたという言葉だけで感無量である。

「まあいい、家に帰ってから説明してやる。立てるか」

南町の同心が縄をほどいてくれたその体を、弦一郎は抱え上げるようにして立ち上がらせた。

「おさち……」

立ち上がったお品は呟いて目を見開いた。

「母様、いいえ、おっかさん」

幸が、おゆきと一緒にゆっくり近づいて来た。

幸は髪もきちんと結って、顔には薄く化粧を施し、着物も御家人の娘らしい物を着ている。楚々《そそ》とした娘の姿だった。

おゆきが弦一郎に頷いてみせた。

幸の髪や姿を変えたのはおゆきだった。お品が落ち着いたところで二人を対面させてあげようと弦一郎と考えてのことだった。むろん養父の松永長左衛門の許可も貰っていた。

だが幸は、少しの時間も待てなかったようだ。

「おさち……」

何を言っても意味がない。ただ娘の名をお品は小さく呼んだが、ふと我に返ったように、

「お嬢さん、何かの間違いでございますよ。私がおっかさん……冗談をおっしゃるのはおやめ下さいまし」

背を向けた。言葉とは裏腹に、今にも泣き出しそうな顔をしている。

だが幸は、お品の背に歌声で呼びかけた。

「ひとつとや、ひいとよあければ、しあわせに、しあわせに……遠くにみえる、富士の山……富士の山……」

ところどころで声が詰まる。

お品は身じろぎもせず聞いている。

幸は、さらにお品の背に歌い続ける。

「ふたつとや、てんてんてまりは五色いろ、五色いろ、しあわせ運ぶ……」

幸の声が涙声になった。

「おっかさん、見て下さい。私、あの時の手鞠を、手鞠をずっと大切に持っているのです」

「おさち!」

お品が弾かれたように振り向いた。

幸の両掌に載っているのは、あの時の五色の手鞠だった。手鞠は糸が弱くなって少し変形しているようだ。

「ごめんよ、おさち」

泣き崩れるお品の側に幸は走り寄り、お品と手を取り合って泣いた。

「弦一郎様……」

おゆきも袖で涙を拭った。

「……」

弦一郎は頷くと大きく息をついて空を見上げた。

第二話　密命

一

「まあお珍しい。一年ぶりじゃございませんか」

女将《おかみ》は佐兵衛を懐かしそうに迎えると、

「こちら様は？」

ちらと弦一郎に視線を流して訊いた。胸の肉も四肢肉もたっぷりの女将である。

「なに、渡り用人の仲間だ。片桐殿ともうされる」

「どうぞお見知りおきを。但馬の旦那は滅多にお見えになりませんけどね、片桐様には足繁くお立ち寄りいただきたいものですね」

「おいおい女将、私のふところ具合は知ってるだろ、無理を言うな」

「はいはい、年に一度でも三年に一度でも有り難いと存じておりますよ。それに今日は、こんなに素敵な旦那をお連れですもの」

女将はにこにこして言い、佐兵衛が空いてるかと二階を指すと、

「但馬様がおみえになると思って開けておりますよ」

「うまいことを言って。近頃世辞《せじ》がうまくなったのか」

佐兵衛もやり返す。

「はいはい、ひょうたん屋はあたしの世辞で持ってます」

女将は愛想良く応えると、ぎしぎしっと階段を踏み鳴らし、二人を二階に案内した。

小料理屋といっても汐見橋《しおみばし》東袂にある飲み屋に毛が生えたような小体《こてい》な店である。

二階の座敷も一部屋だけで、それも四畳半の小さな部屋だった。

「女将、ふろふきだいこんが食べたいな。そうそうゆず味噌があれば頼む。あとは適当に見繕ってくれ。例によって高い物はいらぬぞ」

佐兵衛は笑って注文し、女将がまた階段を軋ませて階下におりると、一転して真顔で言った。

「今日は手前におごらせてくれ」

「誘ったからといって気を遣わないでくれ。俺も丁度腹が空いていたのだ」

弦一郎は、腹を軽く叩いてみせた。

「いや、おぬしを誘ったのは頼みたいことがあってのことだ」

「俺に？」

「そうだ。この間おぬしにおごって貰った時につくづく思ったのだ。この江戸広しといえども、こうしてくだらん愚痴を言い合って酒を飲めるのはおぬしだけだ。私にはおぬししかおらん。おぬしこそが、この江戸で、私の唯一の友だとな」

「何を言うのかと思ったら、お互い様だ。こちらこそ世話になっておる」

「とにかく今日はそういうことだからして、おごらせてくれ」

「いいのか、家に帰って妻女に叱られるのではないのか」

「なあに、こんなところに来るのは一年に一度か二度のことだ。聞いただろう、女将の言葉を」

佐兵衛は苦笑いをしてみせた。

女将はすぐに熱くした酒を運んで来た。

厚く切ってじっくりダシで煮込んだ大根にゆず味噌がかかっている酒の肴も一緒に運んで来てくれた。

「まずは一献」

佐兵衛は弦一郎の盃に並々と酒を注ぐと、自分の盃にもあふれるほど注ぎ入れ、

「呑んでくれ。話は腹を満たしてからだ」

盃をちょいと捧げて頷くと、ぐいっとうまそうに飲み干した。

かぼちゃの甘辛煮、かれいの一夜干し、こんにゃくの味噌焼きなど二人は次々と平らげながら、例によって日頃の仕事の苦労話を肴にして、銚子も二つ空けたところで、弦一郎はふと気づいて訊いた。

「ところで頼みごととは？……酔っぱらうと忘れるのではないか」

実際佐兵衛は、頼みごとなど忘れたかのように、うまいうまいと肴も酒も休みなく口に運んでいる。

話があるというのは、単なる酒を呑むための口実かと思えるほどの呑みっぷりなのだ。

「待て待て、ちくと待て」

佐兵衛は銚子の酒を一滴も残さぬように銚子を盃の上で振って酒を注ぎ、もう露一滴も落ちてこないのを確かめてから盃にある酒を飲み干し、ようやく弦一郎の顔をまっすぐに見詰めてきた。

酔って頬を赤くしてはいるが、その目は何事か訴えかけてくるように真剣そのものだ。

弦一郎も箸を置き、盃の酒を片づけて膳に伏せ、佐兵衛の言葉を待った。

「なに、もしもの話だが、もしも私に何かあったその時には、妻と子の様子を覗いてやってほしいのだ」

「妙なことを申されるな。もしもの時とはどういうことだ」

「つまり、この私の身に何か不都合があった時だ」

「ふむ、しかしそんなことがあるのか……それがわかって申しているのか」

「いや、それはわからんが、人間一寸先は見えぬ。何が起こるか予測出来ぬ」

「ということは、今度の、なんだ、そうそう、能勢とかいう旗本の家のことで身に危険があるというのだな」

「いや、そういう訳ではないが、もしもの話だ。おぬしに承諾して貰ったら有り難い。

る。そうだな……」

「よく訳のわからぬ話だが、まあいいだろう。俺がわかったと言えばおぬしは安心する」

「酔ってはおらぬ」

「おぬし、酔ったか……」

安心する」

弦一郎は苦笑して言った。少々自分も酔っているのを自覚しながら大きく頷いた。

「そうそう、そういうことだ。かたじけない、恩にきる」

佐兵衛は軽く言ったが、その顔にはちらと悲壮な色が走りぬけた。

——何だというのだ。不可解な話だ。

だが佐兵衛は、どのような危険が迫っているのか具体的なことは何も言わなかった。

弦一郎は弦一郎で、突っこんで訊き出すのをためらったまま、佐兵衛と店の前で別れた。

女将に提灯はいらないと断ったが、月は細い弓なりの姿で光はいかにも心許ない。

町はとっぷりと暮れているし、掘割に沿う道には人の影はなく、弦一郎はふと不安を覚えて、佐兵衛が去って行った道筋を振り返った。

佐兵衛の姿はもうなかった。だが、軒行灯のこぼれ灯が佐兵衛が去った無人の道筋を転々と照らしている。

——ふむ、俺の取り越し苦労かも知れぬ。

弦一郎は思い直して、ふらりふらりと帰路についた。


だが、弦一郎の懸念は翌日夜五ツに現実のものとなったのだった。

この夜佐兵衛は、品川町にある紙問屋『菱屋』を六ツ半に辞した。

菱屋の番頭嘉助《かすけ》は戸口まで佐兵衛を見送って出て来て、小僧に言いつけて菱屋の提灯を佐兵衛に手渡した。

貸し出し用の提灯で、塗りは施していない。柄も全て白い生地が剝き出しの提灯だが、提灯の胴には菱屋の屋号である菱形の紋様が描かれてある。灯を点せば、その紋様がくっきりと浮かび上がり、菱屋を暗に宣伝していた。

——これで、一段落だ。

佐兵衛は懐にある三百両の包みを掌で確かめた。

俄主である能勢内蔵助《くらのすけ》は千五百石の旗本だが、この三百両はおろか百両の借金も引き受けてくれるところは菱屋以外にはなかったのだ。

菱屋は初代の藤十郎が能勢家領内出身で、といっても三代前のことだから百年近く前の話なのだが、佐兵衛はその縁を強調して、ようやく金を借りることが出来たのだった。

それだけ能勢家の台所は火の車で、はやいはなしが佐兵衛は借金をするために用人として雇われたようなものだったのだ。

このあとの用人としての仕事は、能勢家の娘由里の縁談先との交渉をまとめればそれで終わりで、

——いよいよだ。

能勢家を辞した後、かねてよりの本懐を遂げなければならない。

その本懐のために能勢家の借金を急いだのだ。武士の面目にかけて強引に取りつけた。

だが菱屋が快く貸してくれた訳ではない。

それが証拠に、金の包みを佐兵衛の前に差し出した時、菱屋はこう言ったのだ。

「但馬様、殿様にはこれだけはお約束下さるようにお伝え下さいませ。利子は結構で

すから、元金のこの分だけはきちっと約束通りにお支払い下さらなければ、いくら深い縁があると申されましても、金輪際となります」

渋い顔をしてそう言った菱屋藤十郎の顔が思い出される。

菱屋には無理を言ったと、もう一度懐の金の重みを確かめた時だった。

佐兵衛は前方に黒い影が走り込んできたのを見て足を止めた。

影は佐兵衛の行く手を遮るようにして立っている。背の低い男だった。

弱々しい月のあかりが、黒い影を一層不気味に映し出していた。

上下黒ずくめで頭にも黒の頭巾を被っている。その頭巾の奥から異様な光がこちらに向けられている。

佐兵衛を待ち受けているのは確かだった。

佐兵衛はいったん止めた歩をゆっくりと進めていく。

近づくにつれ、影は足を開いて刀の柄に手を置いた。

影まであと五間、佐兵衛はまたそこで立ち止まると、提灯の灯を吹き消した。

すばやく羽織を脱ぎ捨てると、草履も脱いで後ろに蹴り、そして佐兵衛が刀を抜いて身構えた瞬間、影は塊となって襲って来た。

薄闇に一筋の閃光《せんこう》が放たれた。迎え撃った佐兵衛の剣は、うなりを上げて飛んできた影の剣を、かろうじて弾き、影は走り抜けた。

次の瞬間、二人はふたたび向かい合って立った。間合いは三間、佐兵衛は凝然として敵を睨《にら》んだ。

敵は上段に構えているが、振り上げた刀の剣尖《けんせん》が月の淡い光を吸い込んで獲物を狙う生きもののように揺れている。その揺れに佐兵衛は覚えがあった。

「越智《おち》だな、越智百之助《もものすけ》だな。闇討ちをかけるとは卑怯……」

佐兵衛がみなまで言わないうちに、影は地を蹴った。

「問答無用！」

佐兵衛の頭上に刀が殺到してきた。

佐兵衛はぎりぎりのところでそれを跳ね返すと、今度はこちらから踏み込んだ。

激しい応酬が続いた。互いに撃ち合って左右に飛び、また体勢を整えて飛びかかって行った。

全力を尽くして相手を倒さねば自分がやられる。そのことだけが佐兵衛の頭を駆けめぐった。

佐兵衛は次第に影を斬り立てて行く。

影は声を上げて後ろに転倒した。橋袂に転がっていた丸太につまずいたようだった。

「あっ」

――今だ。

佐兵衛は仰向けに転倒した男に、上段から襲いかかった。

佐兵衛の剣は、男の肩を斬ったのは間違いなかった。だが、

「ぐっ」

声を発して膝をついたのは、佐兵衛だった。

影の脇差しが、佐兵衛の腹に突き刺さっていた。

影はすばやく起き上がると、腹を押さえている佐兵衛の背中に一刀を突き刺した。止めの一撃だった。

佐兵衛は、どさりと音を立てて闇に落ちた。

男は肩で大きく息をつきながら、佐兵衛の懐を探った。金の包みを鷲づかみにして取り出すと、自身の懐に押し込んだ。

そうしてから、刀に付いた血を佐兵衛の着物で拭い、静かに刀を鞘におさめ、改めて佐兵衛の遺体に視線を投げた。

敵を屠《ほふ》り去ったという安堵が、その目の表情に表れている。

だがすぐに、顔をしかめて左肩を押さえた。

血が滴り落ちているのを、手についた血糊で知るや、頭巾を脱いでそれで肩を縛った。

町人髷《まげ》の男だった。四角い顔に厚い唇、目は鋭かった。

男は肩を縛り終えると、そこでようやく辺りを見渡して人影のないのを確かめると、足を引きずるようにして昌平橋の下に消えた。

月の光が、遺体となった佐兵衛の背中に静かに落ちている。辺りは静寂に包まれていたが、間もなくその静寂を破って近くでこおろぎがいっせいに鳴き始めた。

佐兵衛の命は、弦一郎に妻子の今後を頼んでから三日と経たぬうちに露と消えてしまったのである。

二

弦一郎が佐兵衛の死を知ったのは、仕事を貰いに万年屋を訪ねた時だった。

丁度金之助が身なりを整えて出かけようとしていたところで、金之助は会うなり、佐兵衛が昌平橋袂で一昨日の夜殺されていたのだと告げたのだった。

「但馬様も激しく斬り合ったらしく、遺体の側に刃こぼれした但馬様の刀が落ちていたということです……無惨なお姿で」

金之助はその姿を思い起こしたらしく眼をつむった。

「すると、親父さんは但馬殿の遺体を見たのか」

「ええ、お役人様から使いが参りましてね、それで私が確認しに番屋に参った訳です」

それまでの経緯を詳しく話せばこうだった。

昨日の早朝、佐兵衛は昌平橋を渡って仕事に出かけようとした出職の大工によって発見され、すぐに番屋に届けられた。

番屋の報せで岡っ引が現場に出向き、近くの八ツ小路と呼ばれる道に置き捨てられていた提灯から、菱屋に関わりのある武士だと推測された。すぐに菱屋が呼び出されて、倒れているのが旗本能勢家の用人但馬佐兵衛と判明したのだ。

「私の方に連絡があったのは能勢家からです。それで私は須田町《すだちょう》の番屋に駆けつけて但馬様と対面したという具合でして」

「………」

弦一郎は呆然とするだけで、金之助の話が現実のものとも思えなかった。だが金之助の次の言葉で我にかえった。金之助はこう告げたのだ。

「どうやら但馬様を襲ったのは、物取りじゃないかと」

「物取り？」

「はい。但馬様は能勢家の借入金三百両を懐にして菱屋を辞しておりますが、その金は懐にはなかったのです」

「………」

弦一郎は大きく息をついた。めまぐるしく頭を回転させて考えている。本当に金目当てに佐兵衛を襲ったのだろうかという思いが強かった。

「親父さん、その三百両だが、今後どういう扱いになるのだ。但馬殿が菱屋から借りたものとはいえ、まだ能勢家の手に渡っている訳じゃない」

「そうですね、私の考えるところでは、借用書がどうなっていたかでしょうね。能勢家と菱屋とが正式な証書を取り交わした後に金を受け取っていたとなれば、たとえ帰路の途中で盗賊に襲われようと借りたものは借りたもの。ですが、借用書を菱屋にまだ渡していなければ、これは公には能勢家は借金したことにはなりませんでしょう」

「ふむ」

「とはいえ、全て取引は信用の上に立って行われる訳ですから、両方が均等に泣くことになるかもしれません」

「困ったことになったな」

「まことに……但馬様ほどの使い手を斬り殺すのですから、相手も相当腕の立つ者だったのでしょうな」

金之助はしみじみと言った。

「ちょっと待った、金之助、今何と言った？」

「はい?……ああ、但馬様ほどの使い手を」

「それだ、但馬殿は剣は出来たのか」

「はい。片桐様ほどではないかも知れませんが、かつて国元では師範代をやっていたこともあると聞きましたが」

「何……」

弦一郎は、飄然とした佐兵衛の姿を思い出している。長いつきあいではなかったが、剣が達者だったとは到底思えなかったのだ。

「親父さん、但馬殿の国元はどこだ」

「越後の松岡だと聞いておりますが」

「越後の松岡藩……」

「はい」

「俺のように藩がつぶれて浪人になった訳ではないとすると」

「ご浪人になった理由は聞いてはおりません」

「いつからこちらの世話になっておったのだ」

「かれこれ三年になりますでしょうか」

「その間にこちらで受けた仕事先はどことどこなのか、俺に教えてはくれぬか」

「片桐様」

金之助は弦一郎の性急な申し出に驚いたらしく、間をおいてから言った。

「但馬様は、単なる物取りなどに殺されたのではない……これまでの仕事に関する何かで殺されたのではないか……そうお考えなのですか」

「それはわからんが、解せぬこともあるのでな。ついこの間馳走してもらった借りもある。俺で調べられることがあれば調べてやりたい、そう思っただけだ」

「さようで……」

金之助は、頷いたが、口入れを稼業とする者が、客の身もとを全てさらけ出すことには、さすがに抵抗があるようだった。しばらく迷っているように見えたが、やがて顔を上げると、

「承知しました。私にしても、雇い主としての責任というものがあります。本日はこれから但馬様の長屋に見送りに参らねばなりませんが、早々に調べてお伝えします」

きっぱりと言い、羽織の紐を締め直して立った。

「但馬の家内、和世《かずよ》でございます」

佐兵衛の妻は、焼香を終えた弦一郎と金之助に深々と頭を下げた。

和世は色の白い細面の女だった。体もやせ形で礼を述べるためについた指も細かったが、腰回りと腿肉はまだ若さを保っているようで、正座した着物の張りが、妙に生々しく思えた。

「ありがとうございます」

和世の両脇に座す男児と女児が、神妙な顔で手をついた。

「うむ」

弦一郎は、健気《けなげ》に挨拶をする二人を見て胸が詰まった。

男児の名は太一郎《たいちろう》、女児の名は道《みち》、太一郎は七歳で道は六歳だと和世が言った。

佐兵衛が酒を呑みながら自慢していた子供たちである。

二人が膝に手を重ねて弦一郎を見た目はどこまでも澄んでいて、父の惨殺を知るにはあまりにも酷な気がした。

二人とも佐兵衛より母の和世に似て、目鼻立ちの整った子供たちだった。

「これは、このたび能勢様に出向いていただきましたお手当でございます」

金之助は懐紙の包みを和世の膝前に置いた。

「かたじけなく存じます」

和世は小さな声で言った。包みをとって唇を噛みしめる。その目に涙が膨れあがった。

「つかぬことをお聞きいたしますが、この先の暮らし向きのことは……何か手だてがございますか」

金之助は気の毒そうな声で訊いた。

和世は首を横に振った。

「母上……」

「母上、泣かないで」

二人の子が両脇から声をかけて和世の腕をとって揺する。その声も頼りなげで涙声だった。

和世は慌てて涙を拭うと、両脇の子の頭を撫でた。

母子ともども哀しみと不安に押しつぶされそうな思いで座っているのが見て取れた。

「わかりました。何かいい仕事がありましたらご紹介しましょう」

金之助が言うと、

「助かります。この子たちを育てなければなりません。よろしくお願いします」

と和世は頭を下げた。

「改めてまた参ります。この先困ったことがあった時には俺に言って下さればよい」

弦一郎は住まいを和世に告げて金之助と外に出た。

「おや、片桐の旦那、ここの旦那とお知り合いでしたか」

なんと青茶婆のおきんが長屋の者たちの間から顔を出した。

「おきんじゃないか」

弦一郎も驚いて見た。

おきんは薄汚れた袋をぶらさげている。例によって金を貸した先を回って集金しているのだった。

「気の毒に但馬の旦那も、あんな貧乏旗本の屋敷に雇われてさ、町の高利貸ししか相手にしないようになった貧乏お旗本だ、能勢家はね。それを但馬の旦那が尽力してさ、菱屋からやっとお金借りたって聞いてるけど、その帰りを襲われたっていうんだろ……これでお金が出てこなかったら、どうなるんだろうって案じているのさ」

おきんは金貸しをしているだけに佐兵衛に同情しているようだった。

金之助とは途中で別れたが、おきんとは向かう先が同じだということで肩を並べて歩きはじめたが、おきんは歩きながら能勢家の評判の悪さをべらべらとしゃべった。

「婆さんは、能勢家に金を貸したことがあるのか」

「あるもんか、金貸し仲間の評判さ。貸したらしまいだって、絶対返してなんかくれないって。厄病神には近づくなってさ」

「………」

「旦那」

おきんは、はっとして立ち止まった。

「もしかすると能勢の殿様は、但馬の旦那に借金をさせ、その金を奪ったんじゃあないでしょうね。そうすりゃあ金は返さずにすみますからね」

「まさか」

弦一郎は苦笑した。

「そんな手を使わずとも、踏み倒せばすむ。踏み倒しは能勢家のお家芸らしいではないか」

「それはそうですけど、あたしゃ、あの和世様が気の毒でならないんですよ」

「お内儀を知っているのか」

「ええ、二、三度小金を貸したことがありますのさ」

「そうか……」

「和世様はね、こんなこと言ってましたよ。国はあっても帰れないんです私たちって……でも、貧乏したってここの暮らしがいい、夫も子供たちも元気で過ごしてくれている、今が幸せだって」

「ふむ、婆さんは、なぜ但馬殿が浪人になったのか聞いているか」

「いいえ、知りませんね。一度ね、あんないい旦那が、何があってお国にいられなくなったんだろうって水を向けたことがあるんだけど、はぐらかされちまいましたよ。悪いことするような人じゃないしさ、あの旦那は……でも人に言いたくない事情はあるんでしょうよ」

おきんはしみじみと言った。

――確かに、何かある。

佐兵衛には弦一郎に隠してきた秘密があったのだと、安酒に舌鼓をうつ佐兵衛の顔をちらと思い浮かべた。

「旦那！」

おきんが立ち止まって、また大きな声を出した。

「びっくりするじゃないか」

「思い出したんだけど、但馬の旦那が殺されてるって知らせを受けて、いち早くそこに駆けつけたのは鬼政の親分らしいですよ」

「何、鬼政が、それなら早く言ってくれ」

三

「おっ」

弦一郎は思わず声を上げた。

頃は四ツに近い。久しぶりに顔を出した千成屋はやんやの喝采で賑やかだった。あちらこちらに陣取る客たちは、壁際の一間に立ち口上を述べている長身の若い芸人に、歓声と拍手を送っているのである。

「さあさ、召しませ、召しませ。この通り、伸びたり縮んだり、自由自在でございます」

芸人は、すだれを伸ばして縮め、まあるくしてから、すとんと綺麗に畳んでみせた。玉すだれと呼ばれている芸人である。長さが一尺ほどの竹をつなぎ合わせたすだれを巧みに動かして、様々な形を作る芸人だ。だいたいが大道でやっているものだが、店の中とは珍しい。

弦一郎は片隅に腰を下ろして、玉すだれに目を遣った。

「さて、さてさて、ちょいと伸ばせば、ちょいと伸ばせば、お江戸日本橋でございまあす。やじさんきたさんの出発点、お江戸日本橋、お目にとまれば、お目にとまれば、もとへとかえす。さあて、さてさて、縮んだところは爺様のきんたま……」

「ひゃーっひゃっひゃ、冗談じゃねえや」

芸人の口上に客も大声を上げる。

よく聞けば卑猥《ひわい》な口上だが、なにしろやっている者が、さらりとした清潔感溢れる若い男で嫌みがない。剃り上げた月代《さかやき》も青く、色白で目鼻立ちも整っている。

だから客の中には女もいるが、普段なら顔をしかめる口上もくすくす笑い合ってすませ、その目は粋な芸人の姿にぞっこんの有様である。

「旦那、賑やかですいませんね」

笑って見ていたら、お歌が銚子と盃を持ってやって来た。

「俺も玉すだれを見るのは久しぶりだが、なかなかの名調子だ」

「飲み代のかわりなんですよ」

お歌は小さい声で言い、ちらと若い芸人を見て苦笑した。

「へえ、そうなのか」

「どこかに巾着を落としたらしくてね。それが飲み食いしちまった後に分かったもんだから、こっちもお手上げ。しょうがないわと思っていたら、申し訳ないから一芝居やらせてくれって……それでね」

お歌は酌をしてから、

「しかし、お珍しいですね。十日、いや、二十日ぶりかしらね」

酒を干す弦一郎を、まるで息子を見るような目で眺めている。

「うまい！」

「お世辞を言って、旦那、政五郎にご用なんでしょ」

「わかるのか」

「わかりますよ。でもね、政五郎はまだ帰ってきてないんですよ。ですから、ここじゃなく二階で待って頂いてもいいんですがね」

弦一郎に訊いてきた。

「いや、ここでいい。鬼政が帰ってくるまで玉すだれでも眺めながらじっくり呑んでいる」

「そうですか、じゃ、何か見繕ってきましょう」

「すまんな」

「何をおっしゃいますか。近頃めっきり足が遠のいて、寂しいなって思っていたところなんですよ。もっとも、おゆきさんがせっせとお手づくりを運んでいるらしいからよけいな心配でしょうけどね」

「そんなんじゃないよ。このところ忙しくてな」

「いいんですよ、いい訳しなくっても。あたしゃ、その方が嬉しいんですから。旦那もうちの政五郎もずっと一人という訳にはいかないんだからさ」

お歌はにこにこして言い、板場に消えた。

——早とちりもいいとこだ。

お歌から逃れられてほっとしたものの、おゆきという名を耳にするのもまんざらでもない気持ちがあるのも事実である。

およそ半刻、弦一郎は玉すだれの芸を見ながら一人で盃を傾けていたが、玉すだれがお歌に礼を言って帰り、客もそのあと潮が引くように帰って行ってまもなく、店が嘘のように静かになった頃、鬼政が、

「おお寒……夜は寒いや」

首をすくめて帰って来た。

「こりゃあ、旦那」

鬼政はすぐに弦一郎に気がついて側にやって来た。

「但馬殿の殺しを探索しているらしいな」

弦一郎は、盃を鬼政に持たせ、酌をしてやりながら訊いた。

「へい……あれ、旦那、何かあの一件と関係があったんですかい」

「但馬佐兵衛は俺の仲間だ。俺と同じ口入屋から仕事を貰っていた」

「あっ……なるほど、そうでしたか」

「単なる用人仲間以上の間でな、俺は但馬佐兵衛から頼まれたことがあったんだ」

弦一郎は、数日前に奇妙な頼みごとを受けたことを鬼政に話した。

「旦那、するとなんですね。但馬の旦那は、こうなることを予測していたということですか」

「その時は何を馬鹿なことをと思ったが、本人にしてみれば本気も本気、せっぱ詰まってのことだったのかもしれぬ」

「………」

鬼政は黙って盃を干した。暫く考えこんでいたが、

「旦那」

険しい顔を向けると、

「考えを変えなくちゃいけねえ。あっしは、いえ、詮間様もそうなんですが、今度の事件は辻斬り強盗の線で洗っておりやした。しかし、旦那の話を聞きますと、但馬の旦那を殺ったのは、そういう輩ではねえな。相手は但馬佐兵衛様とわかって襲ってきたにちげえねえ」

「うむ、俺もそう考えている。但馬殿の背中を貫いたあの剣は、止めを刺したものだ

った。心の臓をひと突きにな」

「へい」

「ただの辻斬り強盗なら、あそこまでやらぬよ。但馬殿は狙われていたのだ」

「旦那は何か見当がおありで」

「ない。だからお前に聞きに来たのだ」

「さいでしたか。しかし今のところは下手人に結びつくようなものはなにも」

鬼政は、がっくりと肩を落とした。

「本当なら能勢様に直接いろいろ確かめたいところだが、詫間様のはなしでは厳しい門前払いとのこと、向こうは但馬様のお命うんぬんより金の行方が気になるようで」

「ふむ」

苦々しい思いの弦一郎である。そんな薄情な家のために但馬佐兵衛は奔走していたのかと——。

「ただ、分かっているのは……」

鬼政の次の言葉が、改めて弦一郎に生々しい感情を呼び起こした。

「あそこで凄まじい斬り合いが行われたということです。辺りにはおびただしい血痕が飛び散っておりやして」

「昌平橋の袂だったな」

「へい」

鬼政は険しい顔で頷いた。


翌朝のこと、弦一郎は鬼政と但馬佐兵衛が殺されていた現場に赴いた。

「旦那、こちらです」

鬼政が指し示した橋袂の一画は、おびただしい血が流れたとみえ、枯れた草が血に染まって赤黒くなっていた。

弦一郎は、佐兵衛が雇われていた能勢の屋敷は駿河台の雁木坂《がんきさか》にあると聞いている。菱屋を出た佐兵衛は、八ツ小路から駿河台に向かおうとして、この橋の袂で殺られたに違いない。

「あっしが駆けつけた時には、ここに刀が転がっておりやして、但馬様はここでうつぶせにお亡くなりになっておりやした。そうだ、旦那、但馬様の剣にも血糊がついておりやしたから、相手も相当深い傷を負っているものと思われます」

「そうか……」

弦一郎は立ち上がって辺りを見渡した。

橋の手前は西方には武家地の家並みが見える。橋を渡れば湯島聖堂に通じる坂が見える。土手は茅も草も枯れ色に染まり静かな冬のたたずまいを見せている。

――この場所で。

あの佐兵衛が剣を抜き合わせて敵と闘うなど、思いもよらぬことだった。

「鬼政」

弦一郎は、草むらの一角を指した。血痕らしきものが茅の枯れた茎についている。

弦一郎は草むらに分け入った。鬼政も後を追ってきた。二人は血の跡を追って土手を下り、川縁に立った。

「敵は、この川を利用したとは思わぬか」

「なるほど、川か……、気がつきやせんでした」

弦一郎は、今下りて来た橋の袂を振り返った。

するとそこに、一人の男が立ってこちらを見ているのが分かった。なんとその男が、お歌の店で見たあの玉すだれだった。

男は、弦一郎と目を合わせると、慌てて背を向けた。

「待て、そこで待て」

弦一郎と鬼政が土手を駆け上がると、玉すだれは怯《おび》えた顔をして、ぺこぺこと頭を下げた。

「お前は昨晩《ゆうべ》、千成屋にいた玉すだれじゃないか。どうしたのだ……何故俺たちを見ていたのだ」

「いえ、別に」

「別に？」

鬼政は十手を出すと、

「おめえさんだったのかい。おふくろから話は聞いてるぜ。ただ飯を食らって、それで芸を披露してくれたんだってな」

「へい、女将さんが親切な人で助かりました。でも親分さんが、どうしてそんなことを？」

「俺はあの店の倅だからな」

「えっ。お、親分さんが、あのお歌さんの？」

「そうだ」

鬼政は玉すだれの首を十手で軽く叩いた。恩着せがましい目でじろりと睨む。落とし鬼政の顔である。玉すだれは、ぶるると体を震わせて、まるで暗示にかかったように、

「じ、実はあっしは、見たんです」

おそるおそる告げた。

「斬り合いを見たのか」

側から弦一郎が訊いた。

「へ、へい。あっしはその時、ねぐらにしている馬喰町の宿に帰ろうと、この橋を向こうから渡りかけた時でした。ここで斬り合いが始まってて、それで橋の上を這って行って身を低くして見ていたんです」

玉すだれは、二人の激しい斬り合いの一部始終を弦一郎と鬼政に話し、

「なんと、その男は町人髷を結っておりやして」

「何、町人……それで顔は見たのか」

玉すだれは、ぶるぶると顔を横に振って、

「あっしはこの橋の上から男が土手下に下りて行くのを見て、そう思ったんです。顔までははとても……」

「で、その男は、それからどうしたのだ？」

「へい。繋いであった猪牙舟《ちょきぶね》に乗りやして、大川の方に」

玉すだれは、川下に目を遣った。

弦一郎と鬼政は顔を見合わせて頷いた。

四

「お支度が出来ましたら参りましょう」

おゆきは、太一郎と道を呼び寄せると、

「それでは……」

部屋の中にいる弦一郎と母親の和世に合図を送った。

弦一郎が和世と話をしている間、おゆきが子供たちを引き受けることになり、一計を案じたおゆきは、通油町《とおりあぶらちょう》にある朝日稲荷で祭りがあると聞き、そこに二人を連れて行こうと考えたのだ。

母子が住む但馬の家は富沢町である。朝日稲荷は二つ隣の町だから、和世と話す時間は、十分にとれそうだった。

「道、母上はお話があるのだ。さあ早く」

土間まで出てきて、まだ泣きべそをかきそうな顔をしている妹の道を兄の太一郎は促した。

「さあ、道さん」

おゆきが手を伸ばすと、道はやっと諦めてその手を握った。

父親が亡くなったことは二人ともわかっている。兄の太一郎は流石に気丈に振る舞っているが、妹の道の方は心細そうにして、母親と一刻でも離れるのが不安のようだった。

父親の死は、子供たちの心をも深く痛めているようだった。

「ご迷惑をおかけします」

和世は戸口まで出てきて見送った。

「さて」

弦一郎は膝を揃えて座った和世の顔を見て切り出した。

「十日ほど前のことでござった。佐兵衛殿が俺に妙な頼みごとを申されてな」

「はい」

膝に手を揃えた和世は頷いた。

「私も夫から、その日の晩に、あなた様のお名はお聞きしております。この江戸で信用出来るのは片桐様だと、何かあった時にはご相談するようにと」

「うむ」

「私もまさかと思っておりました、こんなことになるなんて」

和世は、ちらと部屋の奥に目を遣ると目頭を袖で押さえた。

壁際には小さな形ばかりの祭壇が作ってあって、佐兵衛の位牌が置いてあった。祭壇はそうめん箱で俄にしつらえた代物だった。

「和世殿、俺は口入屋の金之助と能勢の殿様に会ってきたのだ」

弦一郎は言い和世を見た。

「まあ……」

と和世は小さな声をあげ、

「私どものためにお手数をおかけします」

　と礼を述べたが、弦一郎の口からどんな話が飛び出すのかと緊張した顔で弦一郎を見直した。

　能勢内蔵助は、奉行所の者との面談は拒否したものの、殺された佐兵衛と個人的に深いつながりを持つ二人まで拒むことは出来ず会ってはくれたが、ひどくうろたえていた。

　佐兵衛が三百両を菱屋から借りるにあたり、十年で完済という証文を菱屋に渡していたらしく、消えた金が戻らぬまま返済をするのは難しいと、頭を抱えていたのである。

　佐兵衛の働きには感じ入っていて、但馬の家族には某《なにがし》かの手当や見舞いをしてやりたいと述べた内蔵助の心に嘘はないと弦一郎は読んだのだった。

　自分のために死んだ者のことなど二の次の薄情な人間だと見たのは少々早まっていたかも知れず、まして、襲わせたのは実は能勢の殿様ではないかというおきんの説も、ただの無責任な憶測だったと思わざるを得なかった。

　また弦一郎は、金之助から聞いた、佐兵衛のこれまでの仕事先をも、可能な限り当たってみたが、佐兵衛に遺恨を持って命を狙う者はいないと判断した。

「俺の調べ違いがあるかもしれぬが、ひょっとして、但馬殿の昔に原因があるのではないか、そう考えるようになったのです」

「……」

和世は俯いた。

「金之助の話では、但馬殿は国元では師範代もつとめられたと聞いたが、俺には剣はからきしなどと笑っておったのだ。今考えると謎ばかりだ。お国で何があったのか、どうして浪人になったのか、和世殿、教えてくれますか」

険しい声で言い、じっと和世の言葉を待った。

和世はしばらく身じろぎもせずに考えている様子だったが、やがて静かに顔を上げた。

青い顔にいくらか朱がさしているように見えるのは、和世の決意の表れのようだった。

「これはどなたにも申し上げてはいないことではございますが、夫が亡くなった今はもうそれも許されるかと存じます。このまま夫が闇に葬られてはいかにも哀れ、何故このような事態になったのか申し上げます」

和世は、小さく低い声だが、きっぱりと言った。

「聞こう。他言は致さぬゆえ、全てを話してくだされ」

「はい。実は夫は藩の密命を受けていたのでございます」

「密命……すると、浪人ではなかったということですか」

「いいえ、密命を受けても、一文のお金も藩から支給されません。ですから浪人同様でございました。渡り用人をしていたのはそのためでございます」

「………」

弦一郎は絶句した。

但馬佐兵衛の故郷は越後の松岡藩と聞いていた。藩は一万三千石の小さな藩だが、領内では特別美味しい米がとれることで知られ、大半が将軍家に納められるために、小藩であっても台所は苦しくないと聞いたことがあった。

その話は、弦一郎がかつて藩の御留守居役の下で働いていた頃に聞いたものだが、藩命を委ねた藩士に一文も支給しないとは、どういう仕組みになっているのか。

「密命を出来るだけ早く、確実に遂行するための重い枷《かせ》です。密命を課した者に手当を支給しては、実行を怠るかもしれないと」

「なるほど、懐が窮していれば、一刻も早く密命を終え藩に戻りたいと思う。命をかけてでもやりとげる」

「はい。小さな藩が生き残っていくために密命を受けた者は藩のために尽くす。見返りを欲しがるような卑しいことはしてはいけない。そのことはわが藩の長い間の伝統でした。ですから夫も、そういう立場に自分を追い立てました。きっとそんな自分に誇りをいだいていたに違いありません」

「……」

「でも、今となっては、それでは夫のように命を落とした者は浮かばれないじゃないか、本人ばかりか子々孫々までこの世から抹殺されたようなものではないか。これで良いのだろうかと私は自問自答しておりました。いえ、一番悔しいのは、私たち母子が藩に戻れる保証がなくなったことは致し方ないとしても、忠誠を尽くそうとした夫の気持ちは報われないではないか……せめて誰か一人でも藩からお線香を上げに来て下されば気持ちもおさまりますが、誰も……」

和世は悔しそうに唇を噛んだ。

「わかるな、俺も浪人を余儀なくされた者だ。和世殿、その密命、話してくれますな」

「ええ、お話しいたします。せめてもの夫の供養《くよう》だと思って」

和世はそう前置きしてから、但馬佐兵衛がここに至った経緯を語った。


それは今から四年前のことだった。

但馬佐兵衛は松岡藩では普請奉行の下で補佐役をつとめていた。

仕事の大半は、普請組二組に奉行から言われた指示書を作成して担当部署に送ったり、費用の受け渡しを行うことだった。

禄高八十石、家格は馬廻り組に属していたから、働きようによっては将来が楽しみでもあった。

和世は徒頭《かちがしら》の娘で、所帯を持って四年、太一郎が三歳、道が二歳になった時だった。

佐兵衛は夜食を終え、自室で文机《ふづくえ》に向かい、持って帰っていた普請組の護岸工事の設計図を広げていた。そこへ上役の普請奉行桑島忠左衛門《くわしまちゆうざえもん》の屋敷から使いが来た。

夜分に呼び出しがあるなどということは、台風や地震・火事など予期せぬ事態が生じた時だけである。

和世は不安を抱えながら送り出したが、夫の佐兵衛は夜半を過ぎてから帰って来た。ひどく疲れているのが和世にもわかった。

佐兵衛は和世に真剣な顔で向き直って言った。

「おまえを離縁する」

「あなた……」

和世は仰天したまま夫の顔を見詰めていたが、まもなくきっぱりと言った。

「嫌でございます。あなたと別れてはひとときたりとも私は暮らしていけません。太一郎はどうするのですか、道が可愛くないのですか」

和世はこの時、夫の異変を感じ取っていたのである。

「お前を愛おしいと思う気持ちに変わりはない。太一郎も道もかけがえのない我が子。だが私といれば苦しい暮らしを余儀なくされる。いや、一生この国に帰ってこられなくなることもある」

「あなた……何か重大なお話を頂いたのですね。おっしゃって下さいませ」

和世は詰め寄った。

「他言無用に致せよ」

佐兵衛が口止めを約束させてから口に出したのは、

「密命を賜った」

というものだった。

「密命を……あなたが！」

驚いて聞き返す和世に、佐兵衛は静かに頷いた。

「御奉行のお屋敷に出向くと、目付の阿部兵庫助《あべひょうごのすけ》様が待っておられてな。越智百之助を上意討ちしろというのだ」

「上意討ち……」

和世は驚愕した。

越智百之助は、城下の小野派一刀流の流れを汲む『小杉道場』の門弟で、佐兵衛と腕を競い合った仲間だったのだ。

二人は同い年で、腕も甲乙つけがたいと言われていたが、佐兵衛は普請組に入り、百之助が郷方になってからは、一度も会ったことはなかった。

百之助にはどこか人を寄せつけないような、狷介《けんかい》でねばっこい暗さがあったのだ。

ただ、佐兵衛が和世と祝言を挙げた時には祝いに駆けつけてくれ、二人は意外な人の訪問に驚いたことがあったが、その時百之助は、

「俺は妻《めと》は娶らん。養子でも貰うつもりだ」

などと和世もいる前で笑っていたから、和世も印象に残っていた。

まもなくだった。勤めから帰ってきた佐兵衛が、

「越智には好いたひとがいたんだ」

そう言って苦笑してみせたのだ。

その越智百之助が――

「聞いて驚くなよ和世。越智は御納戸役原田和三郎の妻縫《ぬい》殿を強奪して逃走したらしいのだ」

佐兵衛は和世にそう告げたのだった。

和世は驚愕した。

「すると、越智様が好いていたひとというのは」

「縫殿だったのだ」

二人はしばらく沈黙して座った。

藩主の堀田大和守政敬《ほったやまとのかみまさたか》は、潔癖性が高じて妻以外に女はいらないと側室も持たないひとである。

だから藩士にも厳しいところがあって、不義密通をした者たちは例外なく死罪とした。

人の妻に横恋慕して強奪するなど論外で、越智には大罪人として追っ手をかけ、その場で斬り殺すか、あるいは捕まえて目付に渡すか、藩として成敗するよう命令が下ったのだ。

「それで私を離縁ですか……おかしいではありませんか」

和世は口走った。

「しかし、一緒にいては不幸になるやもしれぬ」

「納得がいきません。私もあなたと一緒に行きます」

「足手まといだ」

「どうでも私を離縁するというのなら、私はこの家で自害いたします。太一郎と道も一緒に、道連れにして死にます」

和世は昂然として言ったが、すぐに袖で口を押さえてむせび泣いた。予想もつかぬ暗闇につき進まねばならなくなった但馬家の運命にどのように立ち向かっていけばいいのか、憤りと、不安に和世は襲われていたのである。

「片桐様」

和世は語り終えた後、改めて弦一郎の顔を見た。

「それでこの江戸に参ったのですが、それは風の便りに、越智様が住んでいると聞いたからです。いつかはと覚悟しておりましたが……」

「越智百之助を見つけたのですな」

「はい。つい最近でした。片桐様に夫が私たちのことをお頼みした少し前に、とうう見つけたと、夫がそう申して帰って参りました」

「どこで会ったと？」

「菱屋さんで会ったと」

「菱屋か……」

「町人の形《なり》をしていたからすぐには気がつかなかったが、間違いない。ただ、越智もこちらに気づいていたかも知れぬ。さすれば、これから何が起きるかわからぬゆえ覚悟しておけと……」

「和世殿、越智の顔かたち、存じていますな」

「はい」

和世は弦一郎の目をとらえたまま頷いた。

弦一郎が和世から越智百之助の人相風体を訊きだして長屋の表に出たのは、路地裏に日の陰りが見え始めた頃だった。

丁度木戸口におゆきと二人の子供たちが帰ってきた。

太一郎はひょっとこの面を買って貰ったらしく、頭の上にかけていたし、道は美しいかざぐるまと、大きな鳥の飴細工を手にしていた。

「どうだった……何か面白いものを見つけたかな」

弦一郎が二人を迎えるように腰を折って尋ねると、道は恥ずかしそうに、でも嬉しそうに、

「道はね、輪投げをしました」

甘えた声で告げた。

「ほう、輪投げをな。それでそのかざぐるまをとったのかな」

弦一郎は、ちらとおゆきを見て笑った。

おゆきもにこにこして、道がどう答えるのか見守っている。

「いいえ、投げたけど届かなかったの。これは、おゆきさんが買って下さいました」

道は、おゆきに体をすり寄せるようにして告げた。

出かける前とは違って、すっかりおゆきになついた様子である。

「さあ、母上様がお待ちですよ」

おゆきは道に言い、少しここでお待ち下さい、二人をお返しして参ります、弦一郎にそう言うと、おゆきは道の手を引いて佐兵衛の家の戸口に向かった。

だが、太一郎は動かなかった。思い詰めた目で弦一郎を見ている。

「いかがしたのだ」

「片桐様、父上は何故殺されてしまったのでしょうか。悪いことをしたのですか。私に教えてくださいませんか」

きっと弦一郎を見て言った。

「太一郎殿、けっして父上は悪いことをしたのではない。それは俺が保証する」

「ならば父上の敵を討ちとうございます」

「太一郎殿」

諫《いさ》めるような口調で言ったが、太一郎の真剣さにたじたじとなった。

「私は武士の子です。父上は浪人でしたが、武士の子に変わりありません」

子供なりに考えあぐねたすえの、きっぱりとした言い方だった。十にも満たぬ子の言葉かと、太一郎が受けた衝撃の大きさを知り胸が痛んだ。

「母上にその話をしてみたのかな」

太一郎は、首を横に振った。

「いいかね、お父上が誰に殺されたのかまだ何もわかってはおらぬ。これから俺もそれを調べてみようと思っているところだ。太一郎殿には今は母上を守ってさしあげることだ。それが一番の供養になる」

弦一郎は、まだ柔らかく細い太一郎の肩に手を置いて言った。

「………」

太一郎は俯いた。弦一郎の言葉に納得できない激しい思いが、小さな肩に波打っていた。太一郎は唇を噛みしめている。そして、肩がかすかにかすかに揺れ出した。

「太一郎殿」

弦一郎は太一郎を抱き寄せた。しっかりと細い肩を抱きしめると、太一郎は声を殺して泣き、弦一郎にしがみついてきた。

「我慢していたんだな」

弦一郎は太一郎を抱く手に力を込めた。

ふつふつと胸に怒りが湧いてくる。その怒りは、改易になり、藩邸から放り出された弦一郎の胸にずっと巣くってきた、いいようのない憤りそのものだった。

五

「お待たせを致しました」

紙問屋菱屋の主藤十郎が、弦一郎と鬼政が待つ座敷に現れたのは七ツの鐘を聞いてまもなくのこと、藤十郎は背の低い痩せた男だった。

二人は中庭に差しこむ日の光が枯山水に影を落とし始めたのを見ながら茶を飲んで待っていたのだ。

「能勢様のお屋敷に参っておりました」

菱屋は聞かれもしないのに言い、二人の前に座ると、

「番頭に聞きましたが、能勢家のご用人、但馬様が襲われたことで何かお調べとか……手前に何をお聞きになりたいのでございましょうか」

用心深げな目を向けてきた。

入室してきた時には、貧弱な男に見えた菱屋だったが、正座して背を伸ばした姿には、紙問屋としての気概と誇りが垣間見えた。

「ひと通りは、お役人様にも、そちらの親分さんにもお話しいたしましたが」

菱屋は、ちらと鬼政を見た。

「実はな菱屋。確かめたいことがひとつ残っている。そなた、越智百之助という男を知らぬか」

弦一郎はズバリと訊いた。

「越智様……はて」

菱屋はしばらく考えていたが首を横に振って否定し、

「その越智様が何か……」

逆に訊いてきた。

「但馬佐兵衛を襲った男だと考えている」

「……」

菱屋は驚いた様子だったが、知らないと言った。

その表情から嘘はないと弦一郎は思った。

「それにしても、但馬様にはお気の毒でございました」

菱屋はつぶやき、

「理詰めで私を説得したのは、あのお方が初めてでございました。私の三代前は能勢家の領民です。但馬様はそれを強く申されて、この江戸で商いを始めた時には能勢家とは持ちつ持たれつだった筈、時代が変わったからと言って、能勢家の窮状を見て見ぬふりするのかと申されましてな」

菱屋は思い出してふっと口辺に笑みを浮かべ、

「してやられました。私もこれまでにも幾度かお貸ししてましたから、たとえ殿様に呼び出されても首を縦には振れないと思っていました。三百両は但馬様の熱意にほだされて出したものです。しかも無利子で……いや、戻ることはないと思ってお渡ししていますから、金はいい。そのことは本日殿様にも申し上げて参りました。ですが、あの但馬様は惜しい。たかだか三百両を欲しくて賊は斬ったのでしょうが、一刻も早く捕まえてほしいものです」

菱屋は用人としての佐兵衛を褒めた。

「菱屋、但馬佐兵衛殿がこちらからあの晩、三百両を借りて帰路についたことを知っている者は？」

「そりゃあ番頭は知っていますが、他の者は知らないと存じますよ。ですから私にも見当もつきません」

「しかしですぜ、菱屋の旦那。あっしの調べでは、但馬の旦那を殺した奴は、どうやら待ち伏せしていたようなんで……つまり、但馬の旦那が持っていたこちらの提灯を目印にしたようなんだがね」

鬼政が現場から押収していた提灯を風呂敷包みから出した。

菱屋はちらと提灯に目を遣ると、不快な顔をして言った。

「迷惑な話です」

「あの晩提灯を貸したのは……但馬殿ひとりだったのか」

「いえ、そんなことはないと存じますよ。道が暗ければどなたにでも貸し出しております。当夜も多分、他のお人にもお貸しした筈です」

「ふむ」

これでますます、佐兵衛は最初から待ち伏せされていたのだと思った。

「これを見てくれぬか」

弦一郎は、おもむろに人相書きを懐から出して、菱屋の前に広げて置いた。

和世から聞いた越智百之助の特徴をざっと書いた人相書きだ。

四角い輪郭、厚い唇、鋭い目、絵の下手な弦一郎の筆だが、それを見た菱屋は、すぐに鈴を鳴らし、廊下にやって来た女中に言った。

「すぐに番頭を呼んでおくれ」

番頭はすぐにすり足でやって来た。

菱屋が番頭の前に人相書きを滑らせて置くと、

「おや、清治郎《せいじろう》さんじゃありませんか」

番頭は驚いた顔を上げた。

「清治郎？……何者ですかな」

弦一郎は番頭に顔を向けた。

「はい。紙の買いつけをお願いしている方ですが……」

通常紙の仕入れは出入りの仲買人を通じて行われるが、例えば人に知られていない国や里の珍しい紙を手に入れるには人手が足りない。

菱屋がここまで大きくなったのも、全国の珍しい紙を集めて売るという手法が功を奏したということがあり、他の紙屋にはない紙を集めるために、菱屋は数人の目利きにそれを頼んでいるのだと言う。

「すると、この清治郎は紙に詳しかった、そういうことですか」

「いえ、清治郎さんの場合は……」

ちらと主に視線を振ると、後を受けて菱屋が話した。

「私を助けてくれたものですからね」

「ほう……」

「三年前でしたか、私は女房と新川の酒問屋に聞き酒に参ったことがあります。いや、ここだけの話にしておいて頂きたいのですが、女房が酒好きで、毎晩欠かさず晩酌をやるものですから」

菱屋は人間くさい苦笑を漏らすと、

「私が懇意にしている酒屋が、それを聞いて聞き酒に招待してくれたという訳です。女房ははしたなくも深酒をして、その帰りでした。ならず者に言いがかりをつけられまして、懐のものを盗られそうになった時に、清治郎さんが現れて助けてくれたのです」

その後をまた番頭が話した。

「聞けば清治郎さんは仕事を探しているとおっしゃる。それならこれこれこういう仕事をやって貰えないかと、私が頼んだ訳でして、今では随分と頼りがいのある目利きになって助かっております」

「すると、その時から清治郎と名乗っていたのですな」

「さようです」

「住まいはどこですかい」

鬼政が鋭い目をして訊いた。

「清治郎さんが何か……」

番頭は驚いた顔を主に向けたが、鬼政が被せるように言った。

「つい最近だが、どこかに怪我を負ってるんじゃねえかと思いましてね」

「怪我ですか……そういえば、しばらく来ておりませんが」

「来てない？」

「どこか地方に出かけたのかもしれませんし」

番頭は言ったが、その言葉に自信があるというふうでもなかった。

「少し聞きたいことがあるんですがね。所を教えてくれませんか」

「所ですか……」

番頭は鬼政から主に視線を移した。

菱屋が番頭に頷いてみせると、

「わかりました。本当は嫌がるんですよ、所のことを聞いたり、家の中のことを聞いたりすると……」

番頭は言い、弦一郎と鬼政を見た。

菱屋の番頭から聞いた清治郎の住まいは、新乗物町の建物の古い長屋だった。

その日の内に二人は出向いてみたが、

「あれ、いねえぞ、そこのひとは」

清治郎の家の戸口に立った時、後ろから声をかけられた。

振り返ると、長屋の女房が井戸端でせっせと大根を藁のたわしで洗っている。

漬け物にでもするのだろうか、側には大根が山のように積み上げられていた。

「出かけたのかい」

鬼政は近づいて訊いた。

「うんにゃあ」

女は首を横に振った。どこのなまりか知らないが、それを聞いた鬼政が笑みを浮かべた。すると、

「なに面白がってんだい」

女房はぷいと膨れてみせた。三十半ばの女で、物言いに似合わず目鼻は整っている。ただ色が黒かった。

「田舎もんだと思ってるんだろ。何だい、誰だってこのお江戸じゃあ、はじめは田舎もんじゃねえのか。それが、この大根みてえに、ころころごしごし洗っているうちに白くもなるし、綺麗にもなるんだ。おらだって捨てたもんじゃねえぞ」

「いや、まったくだ。何あっしはね、べっぴんが裾をめくって大根洗ってる。なかなかいい景色だと思っただけだよ」

鬼政は、弦一郎が聞いたこともないような、お世辞を言った。

途端に女の頬がゆるんだ。

「親分にかかっちゃあ負けだね。何を聞きたいのさ」

女は大根を洗う手を止めて立ち上がると、前垂れで手を拭きながら言った。

「清治郎さんだが、出かけたのじゃなかったら、どこかへ引っ越ししたのか」

「それがさ、十日ほど前だったか、急にいなくなったんだよ」

「一人じゃねえ、女房がいたろ？」

「いたな。この長屋じゃ、掃き溜めに鶴なんて言ってたんだけどさ。品があったね、みんなでお武家の出だねって噂していたんだ」

「名はなんと言っていた」

「おぬいさん」

「おぬい」

弦一郎は聞き返した。思わず鬼政と顔を見合わせる。

但馬佐兵衛が追っていった越智百之助が強奪していった人の女房の名は縫だった。間違いなく清治郎は越智百之助だと思った。

「じゃ、その人も一緒にいなくなったんだな」

鬼政が訊く。

「うんにゃあ、おかみさんがいなくなったのは、少しあとだったね。三日ばかしあとだったかな」

「荷物はどうしたのだ」

今度は弦一郎が尋ねた。

「それがさあ、鍋釜置いたまんまだよ、布団も……着物は持って行ったみたいだけんど、誰にも挨拶しないで行ったんだから、恐れ入ったね。蕎麦とはいわねえまでも、浅草紙ぐらいは配って行ってほしいもんだよ」

女房は、何も挨拶がなかったことを憤慨しているようだった。

「じゃあ家賃は……踏み倒して行ったのか」

「それがさあ」

女は訊いてきた鬼政に顔を近づけると、

「大家さんが入ってみたら、なんとなんと、一両、世話になったと書いた紙に包んであったというんだから。一両だよ、びっくりさ」

女は目を丸くした。

「亭主が怪我してたのは見なかったか」

「清治郎さんが？……知らないねえ」

女は首を傾げてみせた。

六

「旦那、どうします……もう少し当たってみますか」

蕎麦を食べ終えた鬼政は言い、

「もっとももうすぐ日は暮れますが」

大通りに黒々と落とす日の陰りをちらと見た。

二人がいるのは、深川の八幡宮の側の蕎麦屋《そばや》である。

一日中二人は江戸の外科医を回って、清治郎こと越智百之助が治療して貰ってはいないかを捜していた。

昨日は本所を回ったが、それらしい傷を負った男を手当した医者はいなかったのだ。そして今日は深川を回ったが、これも空振りに終わっている。

むろん二人は手分けして当たり、この蕎麦屋を連絡場所にしていたのだ。

「奉行所が本気でかかれば、もう少しはかどるのに、旦那、すみません」

鬼政は申しわけなさそうに言った。

実は今度の一件深入りは無用だと、十手を預かっている北町の同心詫間晋助から鬼政は釘をさされている。

詫間の話では、他に事件を抱えている、そちらを当たれというものだったが、実際のところは殺されたのが、渡り用人とはいえ旗本に雇われていた武士だったことから、下手に手を出してはと考えているらしかった。

「いや、すまぬのはこっちだ。それにな、この江戸で外科医を名乗る医者はどれほどいるか知れぬ。なあに、明日は川上を当たってみるさ。傷を負っては、さほど遠くに逃げられる筈はないのだ」

「旦那、水臭いことは言わねえで下さいまし。詫間の旦那は、自身が率先してという訳にはいかぬとおっしゃっただけで、あっしが探索する分には見て見ぬふりをして下さるお気持ちなんでございます。やりかけた探索を途中で止めるなんてのは鬼政の頭の中にはございやせん」

「いいのか」

「いいに決まってますよ、旦那。あっしにはこれしかありやせんからね」

「鬼政……」

弦一郎は苦笑した。

「いや、ほんと……おふくろには内緒にして頂きてえんですが、別れた女房が言ったことがあるんですよ。あんたの取り柄は、家の中をほっておいても十手持って走っているところだねって。皮肉だなってその時は思ったんですが、後から考えるとそうじゃねえ、あいつは本気でそう思ってくれてたんだって」

「そうか……立ち入ったことを訊くが、おっかさんと折り合いが悪くて別れたと言っていたな」

「へい。おふくろも気の強えひとですが、あいつも負けてはいねえ女だった。俺は家にいねえし、こじれたらこじれっぱなしで、それが澱のようにお互いの胸に溜まっていったってことだったと思います。悪い女じゃなかった」

「一緒になったんだからな」

「へい。あの時きゃ辛抱のねえ女だとも思いやしたが、今になってみると、あれだけ良く働いて明るく振る舞う女はいねえんじゃねえかって思うんでさ」

鬼政は、しみじみと言った。未練が垣間見えた。

「その後、どこにいるのか知っているのか」

「いや……考えたっていまさらどうしようもねえですからね。あっしが幸せにしてやれなかった分、幸せに暮らしていてほしいな、とは思いますが」

「ふむ」

弦一郎も、ちらと亡くなった妻を思った。自分が側にいれば死なせずにすんだかもしれないのだ。そんな詮無い思いが時折頭をかすめていく。

「旦那、柄にもねえ、今日はつまらぬ話をいたしやした」

二人で店を出て、大川端を神田にむかって戻る道すがら、鬼政は照れくさそうに言って笑った。

川面《かわも》は夕陽に染まっていた。茜色だった。

渡り鳥が一斉に飛び立って夜のねぐらに移動していくのが見えた。

鬼政とは新大橋の袂で別れて、弦一郎は一足先に鬼政の母親お歌の店に向かった。

お歌の店で夜食を摂り、それで長屋に帰るつもりだった。

だが、店の暖簾をくぐると、

「旦那、いいところにお立ち寄り下さいました」

お歌は血相を変えている。

「どうしたのだ？」

「あの、玉すだれの兄さんが誰かに襲われたらしくて」

「何、怪我は？」

「動けないらしくて、それでね、うちの政五郎か旦那に会いたいって人を使って言って来たんですよ」

「わかった、宿の名は？」

「馬喰町に稲垣屋ってあるんですが」

弦一郎は踵《きびす》を返して馬喰町に向かった。

——ここか……。

弦一郎は屋根のところどころに枯れた芒《すすき》が靡《なび》く古い旅籠《はたご》の前に立った。

障子戸に『稲垣屋公事宿《くじやど》』などと書かれているのだが、他の近隣の宿のように人の気配はなかった。

ただ、微かに家のうちから灯りが漏れてきているのを見ると空き家という訳ではあるまい。

「ごめん」

弦一郎は、がたぴしいうことを聞かぬ戸を開けて土間に立った。

ややあって、奥から手燭を持った老婆が出てきた。

「お泊まりですか」

髪は白く、歯は真っ黒で目は光っている。

「いや、こちらに玉すだれが世話になっている筈だが」

「おやまあ、これはこれは与三郎《よさぶろう》さんのお知り合いで」

老婆の愛想が掌を返したように良くなった。

「与三郎というのか、玉すだれは……」

初めて聞く名であった。

「いやですよ、いまさら」

老婆はにっと笑うと、

「旦那が宿代を支払って下さるんでしょう。そうそう、与三郎さんが怪我をして医者に手当ても頼みましたから、それもありますからね。ただいま勘定の紙をお持ちしますので、与三郎さんの部屋でお待ち下さい。ふっふっ」

と言うではないか。

「いったいどういうことだ。俺に勘定を払わせるために呼んだのか」

弦一郎は、案内された薄暗い二階の部屋に入ると、胴体を包帯でぐるぐる巻きにされ、畳んだ布団を抱きかかえるようにして俯せに寝ている与三郎に訊いた。

行灯の油が魚の油らしく、天井に向かって黒い煙が立ち上っている。

「だ、旦那、勘弁して下さいよ。そんなことより、あっしが誰にやられたかわかりやすか」

「あの男か、昌平橋の袂で人を斬った」

「へい、だと思うんです」

「だと思う？……どういうことだ」

「だってあっしは真っ正面から見た訳じゃねえ。こんな宿に泊まっているのは金がねえからです」

「だからどこで襲われたのだ」

「御厩河岸《おんまやかし》の渡です。浅草寺から回向院《えこういん》に移ろうとして渡に行きましたら……」

船は五、六人の客を乗せて、

「船が出るぞー」

船頭が竿を手にして呼んでいた。

「待ってくれ」

船着き場に走り寄ろうとした与三郎は、向こうから足を少し引きずるようにしてやって来た男を見て、思わず声が口をついて出た。

「ひ、人殺し……」

言ってしまってはっとしたが、遅かった。

きっと見た男が、懐に手を入れて迫って来る。

「あわわ……」

恐怖で足腰が震えたが、すれ違いざま片方に避けようとした。

まさかと思ったが、そのすれ違う一瞬に、与三郎は背中を刺されていた。

「人殺しだ！……助けてくれ」

与三郎は船着き場に走って今まさに出ようとしている船に飛び乗った。

船は間一髪岸を離れた。

「大丈夫か」

乗りあわせた者たちが与三郎に声をかける。

振り返って岸辺をみると、すでに男の姿はなかった。

「旦那、それであっしは命からがら逃げて来たって訳なんです。もう恐ろしくて商売は出来ねえ」

「御厩河岸か……」

「へい、あの辺りに住んでいるのかもしれねえ。鬼政の親分に捕まえてもらいてえ、そう思いやしてね」

「今度は真正面から男の顔を見たな」

「へい」

「この顔とどうだ……」

弦一郎は和世から特徴を聞いて描いた越智百之助の人相書きを見せた。

「こ、こいつです、旦那、間違いねえ」

「そうか、お前のお陰で見当がついた」

「だ、旦那、そこででございやすが」

与三郎はぺこんと頭を下げると開いた手を突き出した。

「宿代のことか」

「へい。この通りの怪我でございやす。しばらく外には出られませんや。ところがあの婆さんときたら、今にも追い出しそうな気配でして」

「なんとかしてやりたいが、俺も金はないぞ」

弦一郎は懐から財布を出して、一分金一枚を突きだしている与三郎の掌に落としてやった。

「もう一枚、あっしを助けると思って」

人差し指を立てる与三郎に、

「嘘は言わぬ」

弦一郎は、財布を逆さに振ってみせた。

「旦那、旦那も貧乏なんでございやすね」

流石に悪いと思ったのか、与三郎は一分金を弦一郎の手に戻そうとする。だが、そこへ、

「ごめん下さいませ」

婆さんに案内されて鬼政が入って来た。

慌てて与三郎は一分金を掌に包み込んだ。

「与三郎、宿賃のことは今話をつけた。傷が治ったら、おふくろの店を手伝ってくれ。その給金で借りを払うんだ」

「へい、恩に着ます」

「わかったらその手に握っている金を旦那にお返ししないか」

「あっ、ご存知でしたか」

「その手をみりゃあわかる」

鬼政は、与三郎の手から一分金をひったくって弦一郎に手渡した。

がっくり力を落とした与三郎を尻目に、

「旦那……」

鬼政は険しい顔を弦一郎に近づけると、その耳元に囁いた。

「奉行所に横槍を入れてきたのは、松岡藩らしいですぜ」

「やはりな」

予想していたことだった。探索を奉行所にさせれば藩の恥部が知れる。藩は、但馬佐兵衛の命より、そっちが大事という訳だ。

「ですが、あっしはやりますぜ。詮問の旦那だって内心は苦々しく思っておられるんです」

鬼政は、きらりと光る目で弦一郎を見た。

七

弦一郎は、枯れた芒がしがみついている川岸に目を凝らした。

そこに何か舟の舳先《へさき》のようなものが見えた。

冷たい川風を受けながら、弦一郎は大川への土手を下りて行った。やはりその物は、舳先半分ほどを川岸に引っ張り上げた猪牙舟だった。艫《とも》の方は大川につかったままで、水の流れに身を任せて揺れている。

舟の中は砂埃にうっすらと覆われているところを見ると、しばらく使った様子はなかった。

――おや。

弦一郎は、埃の上から見ても、舟内に幾つかの黒々とした染みのあることに気がついた。

指で埃をすいっと払ってみる。

――血だ。血が固まったものだ……とすると。

やはりこの舟は、越智が逃げるときに使ったものに違いないな。

弦一郎は川岸の向こうに見える家並みを眺めた。

見えている家並みは諏訪町《すわちよう》の町屋である。その町の板葺き屋根の一軒屋に、鬼政が張り込んでいた。

弦一郎は、元来た道に踵を返した。

三日前のことである。弦一郎と鬼政は、とうとう越智らしき男が手当てをして貰った医者を見つけた。

三好町にある外科内科医の笹岡良介《ささおかりょうすけ》から、但馬佐兵衛が殺された晩に手当てをした男がいることを聞き出したのだった。

男は三両という多額の金を見せて口止めをし、三日ほど医者の家に泊めてもらっていた。

自身の名は名無しの権兵衛などと言って笑い、その後も傷が癒えるまで数回医者を訪ねていた。

三好町か隣接する町か、いずれかに住んでいるに違いないと思った弦一郎と鬼政は、鬼政の十手の威を借りて、近隣の町内で近頃引き移って来た夫婦者はいないか、それぞれの番屋に訊いたのである。

すると、諏訪町内にある今は空き家になっている隠居屋に、人の気配があると聞き、その家をここ三日の間鬼政と張っている。

動けないのは、女の姿は見えるが、清治郎こと越智の姿がないからであった。

越智は武士を捨てて町人になり、佐兵衛を殺したあとは居場所も変えた。傷の手当てをしてもらった医者には口止めまでして、名前も名無しの権兵衛などと告げている。

極めて警戒心が強く、玉すだれの与三郎を襲ったことで、またしばらく姿を隠したようである。

だが、必ず女のところに戻って来る。一人で遠くに逃げるはずはないと、弦一郎は踏んでいた。

「どうだ……」

弦一郎は、前を睨んで腰を落としている鬼政の後ろから声をかけ、川縁に猪牙舟が引き上げられていることを鬼政の耳元に告げた。

「いざという時には、またあの舟を使うのかも知れぬな」

「そうは問屋が卸すものですか」

「女の顔は確かめたか」

「へい、さきほどちらと顔を出しました。細面の美人でしたよ」

「ふむ」

「すぐに顔を引っ込めましたがね。どうやら男の帰りを心待ちにしている様子でした」

「……」

弦一郎は、ぴたりと閉められた障子戸を睨んだ。

女は越智が連れて来た人であれば、縫という人妻だ。さらわれて来た女が、人さらいの男と夫婦のように暮らしているのだとすれば、女の心情としてどういうものなのか、弦一郎は測りかねている。

清治郎こと越智と居るのが苦痛であったならば、隙を見て逃げる筈だ。

「旦那、今のうちに召し上がって下さいまし」

鬼政は、お歌が持たせてくれた握り飯の包みを、弦一郎の手に渡した。

握り飯は塩加減が良くてうまかった。指にくっついた飯粒も、竹の皮にへばりついていた飯粒も平らげた。

ふと母を思い出す。握り飯を手にすると、幼い頃のことが頭に浮かぶのである。

母が作った握り飯の弁当を持って、父親と渓流釣りにたびたび行ったが、その折の光景が過《よ》ぎるのである。

「鬼政、お前はここで待て」

西の空が茜に染まった六ツ前だった。女が辺りを窺《うかが》うようにして外に出て来たのだ。

考えられるのは食料の調達か、あるいはこのまま逃走するかのいずれかだ。

逃走にしては出で立ちが旅姿ではない。ひょっとして清治郎と待ち合わせているのかと思ったが、女は近くの店で汁の中に入れる野菜と豆腐、それに小魚の干物を買った。

――そうか、今晩男は帰ってくるのだ。

と弦一郎は思った。

ふっと女が後ろを振り返った。皮膚が薄いようにぼんやりと白く、切れ長の目を持つ女だった。

弦一郎は、咄嗟に視線を逸らしたが、女の視線は別のものを捜していたのかもしれない。すぐに顔を戻して家に急いだ。

弦一郎と鬼政に緊張が走ったのは、青い月明かりが闇を照らし、寒そうに鳴くコオロギの声が弱々しく聞こえてきた時だった。

足音を忍ばせて男の影が家の前に立った。

「鬼政、お前は裏手に回ってくれ」

弦一郎は、地蔵堂の生け垣から走り出た。

「待て、越智百之助だな」

中に入ろうとして障子戸に手をかけた男の後ろから声をかけた。

ぎょっとして男は振り返ったが、次の瞬間家の中に走り込んだ。

「俺は但馬佐兵衛の友で片桐という。お前を逃がさぬ。佐兵衛の遺恨だ」

中のほのかな灯の色に向かって叫んだ。

「あなた、止めて！」

中から女の悲鳴が聞こえてきたと思ったら、両刀を腰に差した清治郎こと越智百之助が走り出てきて、弦一郎に対峙するようにして立った。

月光の青白い光に、神経質そうな顔がぴくぴく痙攣している。

和世が示してくれた通り、四角い顔立ちに厚い唇、目の鋭い男だった。

越智百之助は、鋭い眼光で弦一郎の目を捉えたまま、腰の刀を抜きはなった。

「但馬佐兵衛には気の毒だったが、奴が刺客である以上、殺らねばこちらが殺られる」

「それで良いのか……己の欲望を成就するために人の妻をさらい、それがために佐兵衛と、佐兵衛の妻子を不幸にした罪、なんと考える」

「運命だ。俺も但馬も」

「違うな。おぬしはそうでも佐兵衛は違う。佐兵衛は、おぬしが思慮のない行動を起こさなかったら、ずっと妻子と幸せに暮らせた筈だ」

「問答無用」

百之助は横走りして広い場所に移動すると、そこで構えた。

弦一郎も刀を抜いた。互いに中段の構えで間合いを詰めていく。

間合い一間、越智が右八双に変え、斬り下ろして来た。

弦一郎は上体を僅かに引いてこれを躱し、越智の顔面を突いた。

越智は後ろに飛んだ。

「ふっ」

越智の唇が冷たく笑った。だがその目は、弦一郎を射貫くような勢いである。

「今度はこちらから行くぞ」

弦一郎は、激しく斬りかかった。左右に突きを繰り返しながら越智を追い詰めた。

越智は反転を試みようとするが、弦一郎の剣は紙一枚の隙さえ与えず斬りかかっていく。越智の後ろには薪の束が積んである。

越智は大きく後退したが、かかとがその束に接触した。

「くそっ」

越智が大上段に構えたその時、

――今だ。

弦一郎は思い切り踏み込み、越智の右小手を斬った。

「うわっ」

越智は右手を押さえて後退る。その懐に飛び込んだ弦一郎は、越智の喉元に切っ先を当て、かろうじて握っていた越智の剣をもぎ取った。

「一緒に来て貰うぞ」

「お助け下さいませ、お見逃し下さいませ。私は縫と申しますが、この人だけが悪いのではありません」

家の中から女が飛び出して弦一郎の前に膝を折って手をついた。

「止めろ、縫」

越智が絞るような声を出した。

「わたくしが夫のもとからさらってほしいと頼んだのです」

「縫殿でしたな。浅はかなことをなされたものだ。あんたは、夫の人生を狂わせ、佐兵衛一家をも不幸に導いた。許されることではないが、俺は女のあんたにまで罪を問いたくはない」

「いいえ、生きるも死ぬるも一緒と誓いました。私も一緒に参ります。この人と死なせて下さい」

縫はすがりついた。

すると、越智が笑った。縫の言葉を嘲《あざけ》るような笑いだった。

「うぬぼれるのもいい加減にしてくれ。俺はお前と一緒にいることに疲れていた。ここで俺とのことは終いにしてくれ」

「あなた……」

縫は茫然と越智を見た。

だが越智は縫の視線を無視して、弦一郎に言った。

「そういうことだ。俺はおぬしの言う通りにする。そのかわりに、この縫、いや女が、この場にいたことは忘れてくれ」

越智の目は、血の涙が覆っているような決死の色をしている。

「よかろう」

弦一郎は頷くと、

「女、そういうことだ。あんたは、この越智にさらわれた縫殿ではない。関わりのない者を連れてはいけぬ。いいかな、あんたが一緒に暮らしたのは清治郎だったのだ。清治郎の愛情を大切に思うのなら、どうあっても生き抜くことだ」

「ああ……」

縫は泣き崩れた。

「旦那……」

裏庭を通って鬼政が近づいて来た。

「鬼政、この人を頼むぞ」

弦一郎は縫に視線を遣ると、

「行こうか」

越智百之助を促した。

八

但馬佐兵衛の四十九日の法要が行われたのは、初霜の下りた寒い日だった。

法要といっても大げさなものではなく、長屋で佐兵衛の位牌に線香を供えて手を合わせる。それも、弦一郎、おゆき、鬼政、金之助が集まっただけの密やかなものだった。

お経は金之助が般若心経を上げた。質素な法要だったが、和世の顔にも子供たちの顔にも、いくぶんほっとしたものが見られた。

「お世話になりました。夫も皆様にきっとあの世でお礼を申し上げていると存じます」

母の和世が手をついて頭を下げると、和世の両脇に並んでいた太一郎と道も、

「ありがとうございました」

と行儀よく手をついた。

越智百之助を松岡藩の藩邸に引き渡したのは五日前のことである。

その時弦一郎は、目付の阿部兵庫助に会っている。

そして、越智百之助を但馬佐兵衛が捕らえたが、その時の傷で佐兵衛はあえなく命を落としてしまった。

そこで相談だが、残された但馬の妻子を国に戻し、一子太一郎に但馬の家を継がせると約束してほしいと迫ったのだ。

阿部は承知した。

この法要が終われば、和世と子供たちは今日のうちにいったん藩邸に引き取られ、そして国に向けて出発することになっている。

越智百之助の処分はこれからだが、弦一郎には釈然としない思いが渦巻いている。

「それじゃあ、あっしはこれで……お達者でお暮らしくださいやし」

鬼政が帰り、金之助が引き上げたのち、弦一郎とおゆきは、和世母子を藩邸まで見送った。

「弦一郎様」

おゆきは藩邸を後にすると、大きなため息をついて言った。

「なにもかも捨てて、ええ、それまでのしがらみいっさいを捨てて逃避行を続けていたなんて、縫さんて方、幸せだったんでしょうか」

「さあな、女の気持ちはわからん」

「じゃあ越智とおっしゃるお侍さんの気持ちはわかるんですか」

「さあな……」

弦一郎はあいまいに答えるしかなかった。

ただ今思うことは、縫には生きていってほしいということだ。

「あっ、そうそう。そろそろどこかに嫁げなんておとっつぁんが言うものですから、私、今の気持ちを伝えました。私、お慕いしている人がいますからって」

「………」

弦一郎はどきりとしたが、平静を装って歩いて行く。

弦一郎の動揺を知ってか知らずか、おゆきは、ちらと横目で弦一郎を見て言った。

「でもこうも伝えました。その人とは一緒になれそうにもありませんから、私はずっと武蔵屋のお世話になりますので、よろしくって」

第三話　初　雪

一

弦一郎が、内職の筆耕の仕事に区切りをつけ、そろそろ床を延べようとした時だった。表で辺りを憚るような声がした。

「片桐様、弦一郎様」

声は、カタカタと小さく戸を叩く。

「誰だ」

弦一郎は土間に下りながら訊いた。

「武蔵屋の幸太郎でございます」

ていた。

「なんだ、若旦那か……」

弦一郎が桟《さん》を外して戸を開けると、淡い月明かりの中におゆきの兄の幸太郎が立っていた。

幸太郎は武蔵屋の跡を取る一人息子である。だが、まだ妻帯はしていない。大人しい性格で、滅多に弦一郎に話しかけてくることもなかったし、ましてや長屋にやって来ることもなかった。

それが夜分に人目を避けるようにしてやって来たのだから、弦一郎は驚いた。

「何かあったのか」

家の中に招じ入れながら、神妙な顔つきで入って来た幸太郎に聞いた。

「父が店の方までお出で頂きたいと申しております。子細はそこでと」

なるほど、今ここでは話せないという事か――。

「わかった、すぐに参る」

弦一郎は部屋に上がって刀をつかむと、幸太郎に同道した。

果たして、店は大戸を閉めて月明かりの中に静かなたたずまいを見せている。格別突発的な大事が起こったようには見えなかった。

幸太郎は何も言わずに、くぐり戸から店に入り、人気《ひとけ》のない店を通って廊下に出ると離れの座敷に向かった。

そこは、武蔵屋が特別の客の応対をする部屋だということは、以前におゆきから聞いていた。

やはり離れの座敷には明るい灯がともっていて、おゆきが盆を手にして廊下に出てきたところだった。お茶を出して引き下がるところだと思った。

おゆきはすれ違いざま不安な表情で弦一郎をちらと見た。

部屋の中にその原因があるのだと思った。

「片桐様をお連れしました」

幸太郎は廊下に蹲《うずくま》ると中に向かって告げ、振り返って弦一郎に、

「中にどうぞお入り下さいませ」

体を引いて促した。

「うむ」

中にただ者ではない人物、武蔵屋が最大の気配りをしなければならぬ人がいるのだ

と思った。

果たして、白髪まじりの老女が床前に座り、その前に血色も恰幅もよい武蔵屋の主利兵衛《りへえ》が畏《かしこ》まって座っていたのである。

老女は一見して大身のお屋敷に住まう人のようだった。

手の込んだ深い色合いの絹物の小袖を着て、その上に、さりげなく刺繍を施した打ち掛けを着けている。

脇息に肘を置いて座っている老女の姿には、近寄りがたい威厳が見え、弦一郎は身を固くした。

「片桐様、どうぞこちらにお座り下さいまし」

武蔵屋は座をずらして、弦一郎を座らせると、

「先程来お話ししております、片桐弦一郎様でございます」

老女に弦一郎を紹介した。

「片桐弦一郎でござる」

弦一郎が一礼すると、

「良い面構えじゃ」

老女はにっこりとして弦一郎を見た。

「こちらは牧島安芸守《まきしまあきのかみ》様の奥を束ねておられます滝山様でございます」

武蔵屋は恭しい物言いで弦一郎に紹介した。

「武蔵屋殿、私は隠居の身ですよ」

老女は言い、苦笑を浮かべた。

「いえいえ、確かに表向きはそうでございましょうが、お殿様は滝山様をいたく頼りになされておられますし、奥方様も浦島様も、滝山様の顔色を見なくてはことが運ばない、とお聞きしておりますが……」

「昔の話じゃ。今はなかなかそうはいかぬ。だからこうして頼みごとに参ったのじゃ」

「恐れ入ります」

武蔵屋は笑みを返して一礼すると、今度は弦一郎に真顔で向き直り、

「片桐さま、牧島家は八千石のお旗本、所帯も格式も大名並みでございますが、いかがでしょうか、滝山様は是非にも奥用人として来ていただきたい、そのように申しておられます」

「奥用人……」

弦一郎は驚いて滝山を見た。

頭の中を、着飾って広い屋敷の奥の廊下を渡って来る気位の高い女たちの姿がちらりと浮かんだ。

同時に何故だという疑問が湧いた。旗本でも下級の家なら用人は一人で済む。台所が厳しくて用人など置けないところがあるからこそ、何かの時に渡り用人が必要となり、弦一郎などが臨時に雇われて行くのである。

しかし、八千石もの大身なら、何も外から渡り用人を雇わなくても、家臣の中から昇格させるなりなんなり打つ手には困らない筈だ。

訝《いぶか》しい目を老女滝山に向けると、

「屋敷の中の者では安心して頼めぬのじゃ。それで二十年来懇意にしている武蔵屋殿にこうして内々に頼みに参ったという訳じゃ」

滝山は、まるで弦一郎の心の中を読み取ったように、それに答えた。

「すると、ただの奥用人という訳ではなさそうですね」

「その通りじゃ。物を見る確かな目と、剣に秀でていることが条件です」

「つまり危険が伴うかもしれぬ、そういうことですか」

「片桐殿なら立派に勤めていただける。この婆は武蔵屋殿の話を聞いて安心している。国元では小野派一刀流の流れを汲む道場で目録を頂いていると聞きましたぞ」

弦一郎は面映ゆくなって武蔵屋を見た。

武蔵屋は決まり悪そうな笑みをして頷くと、

「片桐様、このお話は口入屋の万年屋さんは知らぬ仕事でございます」

と断りを入れた。つまりお手当も満額片桐様のものになりますよと、武蔵屋は暗にそれを伝えてきたのだった。

「どうじゃ、お引き受け下さるか」

老女滝山は、じっと弦一郎を見た。

「承知しました、と申し上げたいところだが、いかがですか、私の仕事の中身をありていにお聞かせ願えませぬか」

弦一郎は、率直に問いかけた。軽々に引き受けられる話ではないと思ったのだ。

滝山は弦一郎の言葉を受けて、二度三度と瞬きをして考えていたが、やがて、

「よろしいでしょう」

脇息から手を離すと、

「実は先の用人が神隠しのように姿を消しましてな」

沈痛な顔をした。

「神隠し……」

「世間に知れては一大事、いっさい外には洩れぬよう箝口令《かんこうれい》は敷いてある。だが、私は奥で何か不測の変事があったのではと思っている。それを探ってほしいのです」

「………」

弦一郎は返事に窮した。

内部の者に任せられない理由は肯《うなず》ける。だが、ことは複雑で陰湿なものが潜んでいるように思えてくる。

しかも相手は女たちだ。一筋縄でいくような輩ではない筈だ。

内証の掌握と算段や、接客その他儀礼的なつきあいなど、通常の用人がする仕事ならばいざ知らず、世間の常識の埒外《らちがい》に住んでいる女たちとどう付き合っていけばいいのか戸惑いもある。

逡巡している弦一郎を見かねてか、

「むろん、奥用人として通常の仕事もしていただかねばなりませぬが、何、奥の女たちのことについては、武蔵屋殿の紹介で奥入りし、今は中老となったお路というお方がいる。そちらにお尋ねになればよろしいでしょう」

と滝山は言った。そしてじっとその目は弦一郎の返事を待っている。

すると武蔵屋が、

「片桐様、このお役、私の知る限り片桐様をおいて他にはおりません。危険を承知のお願いでございますが、是非とも」

頭を下げる。

「わかりました。やってみましょう」

弦一郎は頷いた。

常日頃武蔵屋には世話になっている。恩返しのつもりで承知した。

出仕は明後日と定め、ほっとした顔の老女と武蔵屋に見送られて、弦一郎はまもなく離れを退出したが、

「弦一郎様」

店の土間に下りたところで、後ろからおゆきに声をかけられた。

「すみません。おとっつぁんが無理をお願いいたしまして、きっと大変なお役目を強いられたのではありませんか」

おゆきは心配そうな顔をしている。

「何、目の保養だと思って行ってみるさ」

「まあ……心配しているんですよ、私……弦一郎様の身に何かあってはと……だって、但馬様が命を落とされたばかりですのに」

「案じることはない。屋敷には通いで行くのだ。寝首をかかれることはまずあるまい」

「冗談ばっかり。では私、夜食の用意はしておきますから」

「いいのか……千成屋にでも頼もうと思っていたのだ。帰って来てから食事の支度は辛いと思っていたのだ」

「お任せ下さいませ。私にもお手伝いさせて下さい」

おゆきは、しっとりとした瞳で弦一郎をひたと見た。

弦一郎は慌てて笑みを返した。弦一郎も嫌な気はしていない。むしろ心は騒いでいる。だが、自分は浪人だということを忘れてはならないと常々肝に銘じている弦一郎だ。

「じゃあ頼むかな。お菜は、めざし一匹、汁一椀で結構。そうだ、勘定は仕事の金が入ってからだと助かるが、いいかな」

冗談を飛ばして心の騒ぎを誤魔化した。

おゆきはくすくす笑って言った。

「わかりました。めざし一匹、お汁一椀ですね」

牧島安芸守の屋敷に弦一郎が裃を着けて向かったのは二日後のことだった。

場所は水道橋の南に建つ講武所の近く、五十余間四方を高い塀が囲み、その内側は高木の茂みに囲まれた屋敷だった。

門番に名を告げると、すぐに取り次ぎの若党が出てきて、表御殿から庭伝いに奥の玄関まで案内してくれた。

そこから奥へは、待機していた奥女中によって滝山の居室に案内されたのである。

「よう参られた。そこへ」

滝山は帯の扇子を引き抜いて、弦一郎を面前に座らせると、

「こうしてあらためて見ると男ぶりの良い人じゃ」

目を細めてから、

「片桐弦一郎殿じゃ、よしなに頼みます」

滝山の横に座っている、痩せた五十がらみの武士に言った。

男は小さく頷いた。鬢に白いものが混じっている。弦一郎に当てた目の色には、年の功からくるゆったりとしたものが感じられた。

「ご家老の神崎五兵衛《かんざきごへえ》様じゃ」

滝山は言い、

「そしてこちらは表の用人寺井右門殿と中奥用人の坂巻孫助殿じゃ」

弦一郎の右手に並んで座す二人を紹介した。

寺井は四十前後の目のぎらぎらした男で、坂巻は寺井より五つ六つ年上で飄然《ひょうぜん》とした雰囲気を持つ男だった。

「表は用人が二人いるが、奥はそなた一人の采配となる。万が一決めかねることが起きた時には遠慮なく申せ」

神崎五兵衛は言った。

　すると寺井右門が膝を進めて、

「一応当家のあらかたを説明しておこう。牧島家の知行所は摂津国《せっつのくに》に五千五百石、美濃《みの》国に二千五百石を賜っておる。家臣奉公人は奥も含めて九十八人となっておる。他にもお抱え絵師、お抱え医師、お茶道をつとめる者など何人かが出入りしておる。用人についていえば、こちらの坂巻殿は中奥の用人、私は表の用人、そして貴公は奥の用人ということだ。奥の用人の一番の大事は、奢侈《しゃし》を抑えること、これに尽きる。よろしいですな」

　弦一郎を見下すような目で言った。よけいな事はするな……そう言っているようだ。

「まあ良い、その辺りでよかろうて。片桐殿、奥は女ばかりが相手、気苦労も多かろうと存ずるが、頼むぞ」

　神崎五兵衛が口を挟んで、寺井右門のしたり顔の説教はそこで終わった。

　家老と用人二人が退出すると、滝山は弦一郎に改めて言った。

「弦一郎殿、ご家老の神崎様以外のお人には、奥の話はあまりなさらない方が良い。先の奥用人は小野寺弥兵衛殿と申されたが、私は小野寺殿は失踪欠落ちなどといったものではなく、ひょっとして殺されているのではないかと案じている」

眉をひそめた。

いきなり物騒なはなしになって、弦一郎は胸が騒いだ。

「何か心当たりがおありですか」

「小野寺殿の妻はしのというのですが、昔私の下で働いていてくれていた女です。それもあって、小野寺殿はこの隠居部屋にもたびたび足を向けてくれたが、奥の女たちには何か告げ口をしているようにとられていたのかもしれぬ。もしも奥で、何か私に知られたくないことが起きていたとしたら……そして、それを小野寺殿が知っていたとしたら……小野寺殿は邪魔者、奥にはいてほしくない者ということになる」

「まさか……」

「そう、そのまさかじゃ。奥は中に入らねば想像もつかぬようなことが起こる。特に殿様のご寵愛をめぐっての確執は凄まじい。殿様が私にここに残れと申されたのも、奥の秩序が保たれるのか、それを案じたからじゃ」

「すると、大殿様や大奥様はご健在ではないのですか」

「さよう。お二方ともすでに鬼籍の人じゃ。大奥様は随分前にお亡くなりになっていた……」

そこで先代の久允《ひさみつ》公は、自身の親戚筋に当たる桑山藩主松永家の三男久直を養子に迎え、その妻には亡くなった奥方の親戚筋から貰うことに決めていた。

ところが、知行所がある摂津国で境界線や水利権で常に小競り合いをしていた隣接する大名、高見藩三万石から藩主西尾忠成《ただしげ》の娘富姫との縁談が持ち込まれたのである。西尾家は三万石とはいえ、将軍家とは深い繋がりがあった。だからこそ知行所境界線での小競り合いには細心の注意を払ってきたし、高見藩の方が明らかに無理を言ってきた時にも、知行所の百姓たちを説得したこともあるのだ。

縁談が調《ととの》えば、こういった煩わしさから少しでも救われる。

むしろ縁談を断ったばかりに、この先いっそうぎくしゃくするかもしれないのだ。

久允公は悩みに悩んだ末、富姫との縁談を承諾したのであった。

ただ富姫は、すこぶる器量が悪かった。しかも気位が高い。おまけに三年近くが過ぎても子に恵まれず、その原因の一つが夫婦二人の心の離反にあると知った久允公は心を痛めていた。

久允公は家のこの先を案じながら亡くなった。

すると、それまで大人しくしていた富姫が態度を一変させたのだ。

奢侈は禁じられているにもかかわらず高価な着物を購入し、それを咎めた滝山に隠居せよと迫ったのだ。

富姫は実家の権力を笠に着て、夫である久直にこれを談判し、ついに自分が西尾家から連れて来た乳母の浦島にお年寄の役を与えたのだった。

久直はこれに対抗して、表向きは滝山を隠居させたが、

「滝山は母も同然の人、奥に隠居部屋を与えて終生住まわせる」

そう言い張って滝山を屋敷の外には出さなかった。滝山が奥に居続けている理由は、そういうことだったのだ。

滝山はそこまで話すと、深いため息をついた。

「ことはそれだけではおさまらなかったのじゃ……殿様は奥方様の富姫様の元にはそれ以来お渡りがなくなった。それで奥方様は、自分が連れて来た女中のお亀を殿様にあてがったのじゃ……そのお亀が懐妊して、お亀の方となったのだが……」

滝山は眉をひそめてみせた。跡取りが生まれることは嬉しい筈だが、手放しで喜んでいる風には見えない。

「私とすれば、殿がいちばん心を通わせているお路様が殿のお胤を宿してくれたらと

思っていたが思うようにはならぬものじゃ……まあ、いずれ私の懸念もわかる筈じゃ。これから今話した奥の女たちに紹介いたしましょう」

滝山は立ち上がった。

だが、次の瞬間よろりとして、慌てて侍女が走り寄って滝山の手をとった。

「大事ない。よいか、気持ちは有り難いが、この部屋を一歩出たら、そのような大げさな気配りは無用じゃ。心しておくのじゃ」

厳しい言葉で戒める。

——さすがは元お年寄。

自身の健康に不安があるなどと奥の女たちに悟られては隠居しているとはいえ侮られる、そういう強い気持ちがあるのだと、弦一郎は滝山の気丈さに感服した。

二

「奥用人の片桐弦一郎でござる。よしなにお願いいたします」

奥の女たちが奥方以下ずらりと勢揃いした広間の真ん中で、弦一郎は頭を下げた。

青々とした月代が弦一郎をいっそうりりしく見せている。

くすくすと女たちの笑う声と一緒に、化粧と、きらびやかな着物にたきしめた香の匂いが弦一郎の鼻に押し寄せてきた。女っ気のないむさ苦しい長屋で一人暮らしを続けている弦一郎には目の毒鼻の毒、頭が一瞬くらくらした。

滝山は、先の小野寺同様なにごとも相談するようにと弦一郎を紹介すると、次に弦一郎に女たちを紹介した。

「奥方様の富姫様じゃ。そしてご側室のお亀の方様……こちらはお路様……お女中衆は、奥方様の側におられるのがお年寄の浦島殿、お亀の方様のお世話をしている萩乃、そしてお路様のお世話をするのは菊野という」

「よしなに……」

感情のない言葉をかけてきたのは奥方だった。

なるほど奥方は、洗いざらしの木綿の裾の短い着物を着せ、背負い籠を肩にかけて鎌でも持たせたら、山奥深い水呑百姓の娘に見えそうである。贅沢な着物が奥方の出自を精一杯支えているようだが、弦一郎が見たところ、何とも色気も何もない、わがままな女に見えた。

お亀の方は、これみよがしに腹を撫でながら、弦一郎を見下ろすような顔で応じた。

これまた顔は整っているが品格は望めそうもない女だった。

お年寄浦島は、人を食ったような顔で滝山の言葉を聞いていたが、

「奥のことといっさいは私に相談してから進めてもらいたい、念を押しておきますぞ。これは奥方様のご意思でもある」

渡り用人ごときが何をしにやって来たのかという顔で言ったのだった。その目は手ぐすねひいて待っていたぞというような挑戦的な色である。

唯一優しい言葉をかけてくれたのは、武蔵屋の紹介で奥に入ったというお路だった。

「ご苦労がおありだと存じますが、よろしくお願いいたします」

お路はお付きの女中菊野と共に深く頭を下げたのだ。

滝山はそこで侍女と引き上げて行った。

弦一郎は廊下に待機していた詰所の侍の案内で、奥の詰め所に入った。

会計の金井助之進、右筆《ゆうひつ》の久世《くぜ》千三郎、お使番の小杉貞四郎、警護を任されている岩本甚六、他には雑用係の小者など十人ほどが奥の詰め所に勤めていた。

「先の小野寺殿の後任が正式に決まるまでの用人だ。皆に助けて貰いたい」

一同に頭を下げて用人の机の前に座ると、早速久世が近づいて来て言った。

「奥はいかがでしたか」

女たちのいる室の方を指して、にやりと笑った。

「右筆殿でしたな」

「はい。久世と申します。何もご存知ないと思われますので、お教えしておきます。奥は二つに割れておりまして、小野寺様も苦心しておられました」

「奥方様とお路様か」

「ふっふ、その通りです。殿が通われるのはお路様ひとり、ここだけの話ですが……」

久世は親しそうに体を寄せると、扇子を半開きにして耳元に意外なことを言った。

「何……まことか」

弦一郎が見返すと、久世は頷いてみせたのだった。

久世は、お亀の方の懐妊については、この詰め所の者一同疑いを持っているというのであった。

「片桐様……」

さらに耳元に久世は言った。

「お抱え医師の妙庵《みょうあん》が間違いないというのだからそうかも知れないが、殿のお渡りもさしてあったと思えぬのに、不思議なことだと皆思っているのですよ」

「ふむ……」

耳打ちをして体を引いた久世の顔をじろりと見ると、今度は久世は小さな声で言った。

「思っていても口には出せないのです。あの浦島殿の機嫌をそこねれば、我々などすぐに首になる」

久世は言って、後ろに気配を感じて振り返った。

「お願いがございます」

菊野が紫の袱紗《ふくさ》を手に立っていた。

「お路様がお父上様に宛てたお手紙でございます。出来るだけ早くお届け下さいますようお願いいたします」

菊野は弦一郎に袱紗ごと手渡した。

「承知した」

受け取った弦一郎に、

「あの、おゆきさんはお元気ですか」

と言うではないか。驚いて見返すと、

「私、おゆきさんとはよく一緒に遊んだ仲でした。おゆきさんによろしく」

微笑んで言った。菊野もお路と同じ凛としたものがある女だった。

「美しいひとでしょう……菊野さんを狙っている人は私だけじゃない。表の役所にもたくさんいますよ」

久世はにやりとして言ったのだった。

――それにしても、滝山が危惧していた通り、用人小野寺の失踪にはこの奥の闇がそうさせたものに違いない。

気の引き締まる思いがした。

その時だった。着物の裾を引く慌しい音がした。その音を耳にするや、

「片桐様……」

久世は跳ね上がるようにして弦一郎の側を離れ、自分の右筆の机に戻った。

険しい顔をした萩乃が現われて、仁王立ちして言った。

「ご用人様、先ほど菊野殿がお預けしたものを、こちらへ」

立ったままで弦一郎を見下ろして手を伸ばしてきた。

「ああ、あれ……何故そちらに渡さねばならぬのですかな」

「浦島様がそのように申されております」

「妙なことを申される。何の権限があって申されているのか知らぬが、お渡しすることかないませぬぞ」

「奥が乱れておる。鼠一匹の出入りも浦島様のご許可が必要なのです」

「そんな話は聞いてはおりませんな」

「ご用人様！」

萩乃は眉間《みけん》に皺を寄せて睨みつけた。

「お引き取りを。そして浦島様に申されよ。この片桐が用人でいる限り、あまりにも理不尽な言動は慎んでいただくと」

きっと萩乃を見た。

萩乃はびっくりした目で弦一郎を睨んでいたが、ぷいと踵を返して奥の廊下を急ぎ足で消えていった。

「片桐様」

「ご用人様」

詰め所のみんなが近づいて来て口々に言った。

「溜飲がさがりました。先のご用人小野寺様もたいへんな苦労をなされておりましたが、どうか、あの女たちの高慢な鼻をへし折って頂きたいものです」

「季節の移り変わりは、なんと早いことかと思っております」

小野寺の妻しのは、弦一郎にお茶を差し出すと、はっと気づいてかけていた赤い襷《たすき》をするりと外した。

庭には寒々しい白い光が降り注いでいる。

小野寺の家は、牧島家の敷地内にある小さな平屋の一軒屋だった。

牧島の家では、家老を筆頭に用人や勘定方など、それぞれが屋敷の敷地内に独立した家をあてがわれていた。

下級武士や中間《ちゅうげん》などは表門を入って両脇に連なっているお長屋に住んでいた。

むろん屋敷の外に家を構えている者もいるのだが、小野寺は敷地内に木の門のついた家を与えられていた。

しのはその家で小野寺の消息が判明するのを待っているのだが、天気の良い日は草むしりをしたり、葱《ねぎ》などの簡単な野菜を裏庭で作っているのだった。

弦一郎が案内された八畳ほどの客間からは、しのが先ほどまで草をとっていた庭が見える。

今時はほとんど草は枯れ色だが、はこべなど地にへばりついて育つものは青い葉を広げている。引き抜くのも女の力では大変だが、しのはあちらこちらに抜いた雑草を集めていた。

「草や柴を焼くのが楽しみで、ええ、夫も私も二人して焼き芋をするのが楽しみでした」

しのは涙ぐんだ。急に夫婦二人だけの時の模様が甦ってきたようだった。

「失踪してひと月になると聞いていますが」

「ええ」

しのは涙を拭いて弦一郎を見た。

「何か心当たりはございませんか」

弦一郎はさりげなく切り出した。

「ございません」

しのは少し考えてから言った。嘘を言っているようには思えない。

「失踪する前日は……普段と変わった話をしたとか」

「そういえば……」

はっとして考えている。

「そういえば？」

「見てはいけないものを見たと、そんなことを申しておりました」

「見てはいけないもの……」

「どういうものかは存じません。存じませんが思い詰めた顔をしておりました」

「そうか……」

「夫の日頃の口癖は、お路様がおかわいそうだと……」

「それで？」

「夫は詳しくは申しませんでした。でも私にはわかります。殿様のご寵愛《ちょうあい》がお路様一人なのを妬んでのことだと思います。男の片桐様にはなかなかおわかりにならないでしょうが、見えぬところでちくりちくりと傷つけるのです。滝山様がお年寄の時にはそのようなことは厳しく禁じておられましたが、浦島様はそうじゃない、ご自身が先頭に立ってなさるのですから」

「小野寺殿は、その奥のいざこざに巻き込まれたとお考えですかな」

「おそらく……」

しのは、確信ありげにきっと弦一郎を見て、

「私、覚悟は出来ております。でもきちんと、どういうことでこのようになったのか、見届けたいと考えています。夫の失踪の真相さえ分かれば、このお屋敷は出て行くつもりでございます」

どうかお力をお貸し下さいと、しのは頭を下げた。襟足の白さが目映いほどで、それだけに弦一郎の胸は詰まった。

「そうだ、しの殿」

玄関を下りたところで、弦一郎は振り返って聞いた。

「小野寺殿がつけていた日記、あるいは業務日誌など、拝借出来るものがあれば拝見したいのだが……」

「日誌はあるかもしれません。気が付きませんでしたが出てきましたらお届けします」

「では……」

「片桐様もお気を付け下さいませ」

しのは心配そうな顔で見送った。

三

――おやっ。

しのが届けてくれた小野寺の日誌をめくっていた弦一郎は、その手を止めた。むしり取ったように一枚まるごと引きちぎった跡があった。

日誌は毎日の勤めで気付いたことを書いているのだが、その一枚が引きちぎられていることで、前後の記述の脈絡が切れていた。

日付は丁度ひと月と少し前……だとすれば、失踪する少し前のところで日誌のその一枚はちぎられている。

ちぎられる前の記述には、奥の見回りをしていたら庭に遅咲きの白百合の花を見付けて庭に下り立った、とあるが、その後がちぎられていた。

──これかもしれぬな。ここに書かれていたことが、小野寺弥兵衛の運命を変えたのかもしれぬ。

小野寺は一度書いてはみたが、考えてみればあまりに恐ろしいことなので考え直してその文章を破棄したのではなかろうか。

小野寺は日誌に、奥用人として、見たり聞いたりしたことを、かなり子細に書き込んでいた。そのこと自体、決して外に出してはいけない記録なのだが、引きちぎっていたところに書いてあったことは、そんな奥の日常の話ではないと考えられる。

「ふむ」

弦一郎には見当もつかなかった。

しばらく灯火の下で考えていたが、ふとおゆきが置いていってくれた餅菓子があるのを思い出した。

考えがまとまらない時は甘いものを食するに限る。

「………」

台所に行き、棚の上のふきんをかけた深皿を見つけ、そのふきんをとって見た。

お疲れのときに……おゆき
そう書かれた走り書きの紙片があった。

気持ちが満たされていくのを感じながら、白い餅菓子を摘んでがぶりと噛んだ。

「旦那、いらっしゃいますか」

鬼政の声だった。

「おう、鬼政か、入ってくれ」

ごっくんと慌てて噛まずに餅菓子を呑み込んで、急いで口を手の甲で拭き、入って来た鬼政に、

「こんな夜更けになんだ」

まあ上がれと言ったが、鬼政は立ったまま、

「すぐにご足労願えませんでしょうか」

と言う。

「どうしたのだ」

「旦那は牧島家にお勤めされているとお聞きしておりやすが？」

「そうだ」

「実は今夕上野のお花畑でお侍の死体が見つかりまして、ところがそのお侍の懐にあった木札に、牧島家の名と、丸に桔梗の家紋がある。あれっ、確か旦那がお勤めになっているお屋敷も牧島様だったと思い出しやしてね」

「暫時待て」

弦一郎は慌てて羽織を着《つ》け、襟巻きをして鬼政と長屋を出た。

――もしや小野寺弥兵衛ではあるまいな。

当人には会ったことはないが、しのの白い顔が頭を過ぎる。

暗い道を急ぎながら、鬼政が言った。

「死後一日二日というところかと思われますが、年は三十代、中肉中背、向こうずねに古い傷跡があります」

「死因は……」

「それが、念が入った殺し方でして、詫間の旦那が医者を呼んでいる筈です」

「ふむ……」

弦一郎は襟巻きを掻き合わせた。

この頃は夜に入ると一段と冷える。特に足下が冷たく感じるのは日が落ちると大地が一気に冷えていくからに違いない。

それに風もあった。鬼政が番屋と書かれた提灯で前を照らしてくれているのだが、時々その提灯が不自然に揺れ、鬼政は手を添えて提灯の口から風が入らないように気をつけている。

からからと乾いた落ち葉が転がっているのを耳にしたが、人通りはなく、辻駕籠が一挺通り抜けただけだった。

「旦那……」

鬼政が灯の点った番屋を提灯で指した。不忍池《しのばずのいけ》に面した仁王門前町の番屋だった。

「片桐殿、夜分に申し訳ない」

待っていたのは鬼政を手下としている北町の同心詫間晋助だった。

詫間にはこれまでに数度会っていた。探索のことで鬼政と話をしているところだったと思うが、ふらりと立ち寄った弦一郎と互いに挨拶を交わしている。

まだ三十半ばかと思えるが、穏和な顔立ちで人の良さがにじみ出ているような男であった。

土間に遺体が寝かされていて、その遺体を医者が調べていたが、

「詫間様、毒を盛られておりますな」

医師は立ち上がって言った。

「やはりそうか」

詫間は言い、弦一郎に遺体を十手で差しながら、

「下手人は、毒を盛った上に、ここを見て下さい。鋭利な刃物で刺しております」

左胸の下を指した。なるほど着物が裂けて血が滲んでいた。

「ふむ……」

弦一郎は遺体を見て尋ねた。

「小袖一枚で、袴も羽織も着けておりませんな」

遺体はまるで、殺されるまで家の中にいたような出で立ちである。

「刀や財布も辺りにはありませんでした。この殺しは物盗りのためとは考えにくい。とすると、その刀や財布は今どこにあるのか、それがわかれば下手人の尻尾をつかめるのだが」

詫間が遺体に視線を落としたまま言った。

「旦那、これが木札です」

鬼政が弦一郎の手に渡した。

「間違いないな。これは屋敷の門を出入りする時に門番に提示する木札だ、俺も貰っている」

弦一郎は自身が携帯している木札を出し、遺体の側に落ちていた木札と並べて見せた。

「やはり牧島家の者か」

「詫間さん、俺はこれから屋敷に参る。この遺体、このままにしておいて頂きたい。今夜中に牧島家の家臣かどうか首実見をしてもらい、家臣ならば屋敷に引き取らせていただきます」

弦一郎はそう言うと、再び夜の闇に出た。

「片桐と申したな、こたびのこと滝山から聞いておる。礼を申す」

牧島安芸守久直は、畏まって顔を上げた弦一郎に言った。

細面の美男顔、少々軟弱に見える殿様だが、弦一郎を見詰める目には老女滝山を見る時と同じ信頼の情が窺えた。

久直は三日前の晩に上野のお花畑で見つかった死人の処置について弦一郎が密かに采配を振るい、牧島家の汚名が世間に流れぬよう巧みな手配をしたことを言っているのであった。

三日前の、あの寒い夜、鬼政の知らせを受けて対面した遺体は、その後しのを連れて確かめて貰ったところ、紛れもなく先の奥用人小野寺弥兵衛と判明したのである。

そこで弦一郎は人知れず遺体を邸内の小野寺の家に運び、滝山と相談して、葬儀はひそかに行われた。

見送ったのは妻のしのと弦一郎、滝山の侍女の茜の三人で、牧島家の菩提寺である上野の真妙寺に葬られ、事件解決後に改めて法要を営むというものだった。

むろん久直の許可を得てのことであったし、夫の敵を討つためには、しのに異論があろう筈もない。

小野寺はひと月前に失踪している。ところが殺されたのはつい先日ということになれば、どこかに監禁されていたか、自分の意思で身を隠していたかのどちらかである。

しのの証言によれば、小野寺は失踪する日に上野に眠る先代様にお参りに行くと言って出かけていたことがわかった。

ところが小野寺は寺には行ってはいなかった。和尚がそれを証言したのだ。

しかし殺されていた場所が寺の目と鼻の先となると、小野寺は後を尾けられていたか待ち伏せされていたか、いずれかもしれぬと弦一郎は考えたのだ。

——小野寺を殺《あや》めた者はすぐ近くにいる。しかも外の誰かと結託しているのは確かだ。

そう考えた弦一郎は、小野寺の死はむしろ伏せておいた方がいいと考えたのだった。

それに、奥用人が殺されていたなどという噂は牧島の家にとっても避けたいものだ。

果たして、手際の良い弦一郎の差配で、邸内は大騒ぎにならずに済んだのだった。

「殿様、この滝山、きっと片桐殿の力で奥に巣くう魑魅魍魎《ちみもうりよう》を退治してくれる筈だと信じておりますゆえ」

滝山はちらと弦一郎を見て言った。

「よしなに頼むぞ」

中奥の久直の休息の間を下がった弦一郎の胸に、腹心を失った久直の身分を越えた心底からの、そのひとことが何時までも心に残った。

まっすぐ詰め所に帰ろうかと思ったが、小野寺が書いていた気になる文章の一節、遅咲きの白百合の花の咲いていたところはどこだろうかと、その場所を確かめてみたい気持ちになって奥の廊下を見廻りをかねて渡った。

むろん今もって咲いている訳はないが、百合は花が咲き終わると種を付ける。

廊下から見える場所の咲き終わった百合の残骸……きょろきょろして見渡していると、

「ご用人様」

向こうからやって来た菊野に声をかけられた。

「先日はお手数をおかけしました」

微笑んで頭を下げる。お路様の手紙を弦一郎が自らの手で届けてくれたというのを聞いてのお礼らしかった。

お路の父親は、下谷の明神下の通りに面した金沢町の長屋に住んでいた。名を長谷《はせ》忠左衛門《ちゆうざえもん》といった。

娘のお路に殿様の手がついてお中老となっても、暮らしを変えることもなく、毎日机に向かって筆作りの内職をしているのだった。

無口で、驕《おご》ったところなど微塵《みじん》もない浪人で、弦一郎は感服したのである。

ただ、弦一郎が持って行ったのが娘の手紙だと聞くと、ほんの少し嬉しそうな顔をしたが、その顔をちらと弦一郎は思い出しながら、

「何、手前の住まいは屋敷の外だ。それに帰り道、気にされることはない」

笑みを返した。そして、

「そうだ、誰だったか、この奥の庭先に、遅咲きの百合の花が咲いていたと聞いたが、菊野殿はどの場所かご存知か」

聞いてみると、菊野はにこにこしてすぐに答えた。

「ああ、それでしたら、お亀の方様のお部屋の前ではないでしょうか。このお屋敷内にはけっこう百合の花の咲く所は多いのですが、あそこの百合が、一輪なのですが遅くに咲きました。きっとご懐妊のお祝いに咲いたのでしょうとお路様と申しておりました」

菊野は屈託のない声で言った。

「何を考えておられるのですか」

詰め所に帰って沈思していると久世が声をかけてきた。

「何、今夜の食事は何にしようかと考えておったところだ」

「ふっふ、片桐殿は肝っ玉が大きいのかなんなのかつかめぬところがおありだ。それぐらいでないとここのご用人は勤まりませんな」

久世は笑って納得したように言ったが、

「そうそう、片桐様がいない間に大変だったんですよ。萩乃殿がやって来て、お亀の方様のお熱が高い、御医師を呼べなどとね」

「そうか、それは済まなかった」

「なに、いつものことですから、お医師には使いをやりましたのでご心配なく」

久世は言い、自身の机の前に戻って行った。

――それにしても。

しのは、小野寺が失踪する前に、「見てはいけないものを見た」と言っていたと話してくれたが、いったい何を見たというのだろうか。

先ほど菊野と別れてから、百合の咲いていたというお亀の方の部屋の前の廊下を通ってみたが、確かに庭には俵を横たえた程の石があって、その側に種を付けた百合が一本植わっていたが、それ自体は何の変哲もない光景である。

――せめて、小野寺殿が失踪当日身につけていた袴や羽織や刀や財布が出てくれれば、糸口ぐらいはつかめるものを。

机の上の書類を広げてみても頭の中は書類を読む気分ではない。

ふっと視線を感じて顔を上げると、にやにやしてこちらを見ている久世と目が合った。

――ったく。

久世は本気で、俺が夕飯のことばかりあれやこれやと考えているなどと思っているのだろうか。

――仕事をせぬか。

と、きっと睨みつけてやったら、久世は慌ててその目を机に戻した。

四

その夕、弦一郎は泊まり番をした。

金井助之進が当番だったが、調べ物があるからと替わって貰ったのだ。

そして見回りと称して何度も奥を回るふりをして、お亀の方の部屋がある内庭に注意を払った。

確信がある訳ではない。鬼が出るか蛇《じゃ》が出るか、はたまた過去に無念の思いを残した女の幽霊が出るか、はたまた怨霊《おんりょう》でも出るのか、それぐらいの期待しかなかった。

とにかく何でもいい、小野寺弥兵衛失踪を解明するきっかけが欲しかった。

果たして、四ツの鐘が鳴り終わった直後のこと、最後の見回りに立った弦一郎は、お亀の方の部屋の灯が闇に呑みこまれるほどに細いのに気づいて近づいた。

するとどうだ。中から女の切なげな声が聞こえる。声は高く低くしめった声で、かすかに男の声も聞こえるではないか。

弦一郎は仰天のあまり体が強《こわ》ばった。

だが次の瞬間、勇気をふるって中に聞いた。

「どなたかおられるのか」

部屋の中はシンとなった。

「用人の片桐でござる」

返事はないが、慌てて移動する衣擦れの音がする。

「開けますよ、いいですな」

弦一郎は言い、戸に手をかけた。

すると、中から若い男がぬっと出てきて、弦一郎と鉢合せした。

「何をしていた、何者だ」

男はぎょっと見返したが、手にある包みを見せて、

「医師の田原徳甫《たはらとくほ》でございます」

と言う。狼狽《ろうばい》していた。

「医師……」

弦一郎は問い返して、まじまじと見詰めた。

何しろ田原徳甫という男は、頭を剃っている訳でもないし総髪でもない。普通の武家髷の男であった。

それに十徳も着ていないし、長着に袴、羽織姿のきりりとした役者のような男だった。

「お医師といえども勝手に奥に通っては困る。今後は詰め所で許可をとってからにし

てくれ」

厳しく言った。

するとするりと半身を戸の間から見せたお亀の方付女中萩乃が、三角目をして言ったのだ。

「今日のお昼に届けていたではありませんか。お亀の方様は少し具合がよろしくない。それで脈をとっていただいた。妙な因縁をつけるのはおやめ下さいませ」

「因縁などつけてはおらぬ。ご用人の口出しするところではない。奥方様も承知じゃ」

「かまわぬ。ご用人の口出しするところではない。奥方様も承知じゃ」

いつの間にやって来ていたのか、浦島が傲慢な顔で言い放った。

浦島は侍女に手燭を持たせていて、その光が下から浦島の顔を浮き上がらせているかっこうだ。

──なるほど出たな。お化けだ。

弦一郎は引き下がって詰め所に戻ったが、胸の内のもやもやは深まるばかりだった。

お亀の方の部屋から出てきた男は医師の徳甫と言ったが、じゃあ中で何をしていたというのか――。あれは紛れもなくあえぎ声だったのではないのか。

――しかも奥方も承知とは、どういうことだ……。

もしかすると小野寺が見たものとは、あれだったのではないかと、翌朝奥の詰め所を退出してからも弦一郎の頭から離れなかった。

疑心をかかえたまま門の外に出ると鬼政が待っていた。その鬼政が、

「旦那、小野寺様の遺品が質草になってましたぜ」

告げた言葉に弦一郎は奮い立った。

二人は急いで遺品を質草として預かっているという富沢町の質屋『高津屋』に向かった。

なにしろ小野寺の遺体と対面したしのが教えてくれたのは、当日の小野寺の格好は、羽織袴で出かけており、袴は濃茶の無地、羽織は青茶色、袴の腰板と羽織の内襟には、小野寺という名の刺繍がしてあるということだった。

さらに刀は先祖伝来の、作は林光の大小揃え、柄は菱巻き、鞘は蠟色塗《ろいろぬり》で黒色を帯び、下緒《さげお》は濃茶の平打ちだったと言い、また懐にあった筥の財布は、しのが緞子《どんす》の裂《きれ》で作っており、波に貝殻の刺繍のある使い込んだものだったというのである。

鬼政にその品々の特徴を話し、近頃店に居候している、あの玉すだれの与三郎にも手伝わせて、あちこち捜し廻らせていたところであった。

鬼政の執念が天に届いたか、

「これが、質草のすべてでございます」

高津屋の主は、憮然とした顔で風呂敷包みを弦一郎と鬼政の前に置いた。主は目の周りをクマが走っているような狸目の親父である。

不服そうな顔をすると、いっそうその顔が、ぶんぶく茶釜の狸のようで、内心弦一郎は吹き出した。

鬼政が風呂敷を解く。

中に、刀の大小と羽織に袴、財布もあった。

弦一郎がひとつひとつの品を確認していく。

「間違いない、小野寺殿の持ち物だ」

弦一郎は呟いた。

「主、これから聞くことに正直に答えねえと、奉行所にしょっぴくぜ。なにしろこの品は盗品だ」

鬼政は十手を引き抜いて睨み付けた。

「へ、へい。そりゃあもう」

「いかがわしい商いをしているとなると、わかっているだろうが商いは以後出来ねえ。真っ正直な商いをしているのなら、この鬼政に協力することだ」

鬼の政五郎の聞き取りが始まったのだった。


翌日のこと、宿直《とのい》明けの休みを利用して、弦一郎は鬼政と、高津屋に小野寺の遺品を持ち込んだというやくざ者二人を手分けして捜した。

二人の名は、捨六と丑松《うしまつ》。両国東にかけられた小屋の木戸銭取りや警備を昼間はやっていて、夜は賭場をねぐらにするという男たちだった。

高津屋の言う通りなら、すぐに見つかる筈だったが、二人は木戸番などは気まぐれでやっていたらしく、容易に居場所がつかめない。

いったん八ツ頃に長屋に戻ってみると、おゆきが戸口で待っていた。

「弦一郎様、大変です」

早く家の方まで来てほしい、訳は来ていただければわかりますというので武蔵屋に行ってみると、奥の座敷に菊野が真っ青な顔をして待っていたのである。

側には険しい顔をして、武蔵屋も居た。

「いかがした」

驚いて聞いた弦一郎に、

「お路様が、一刻も早く屋敷を離れなさいと逃がして下さいました」

と言うではないか。

「何、どういうことだね」

「浦島様がわたしにお仕置きをするに違いない。そうなれば命の保証は出来ません。後は私に任せて、あなたは早く逃げなさいと……それでわたくしは夢中で逃げて、気がついたらこちらのお店に飛び込んでおりました」

「待ちなさい。順を追って話してくれぬか。いったい何があってそのような話になったのか」

「菊野様……」

おゆきがお茶を持って来て勧めた。

「落ち着いて……きっと弦一郎様がお助け下さいますよ」

菊野は茶を喫した。高ぶる胸をしばらく押さえていたが、まもなく弦一郎をしっかりと見て話し始めた。

今朝のことだった。

突然奥方様の呼び出しがあった。

お路は菊野を連れて奥方の部屋に出向いた。

すでに廊下には、奥方様にお目見え出来る女たちが脱いだ草履が並んでいた。お路も菊野と急いで部屋に入った。

「奥方様に代わって皆の者に注意しておくことがある」

浦島が一同を見渡した。

「すでに聞いておると思われるが、お亀の方様はご懐妊しておられる。皆の者は無事ご出産まで虫一匹殺さぬように……たとえ蚤一匹であっても捕まえて外に放て。それから、見回りの者以外、お亀の方様の部屋前の廊下を通行することを禁ずる。気持ちが高ぶればお腹のお子に良くないと御医師が申された。よいな」

浦島は険しい目を一人一人に遣りながら言った。

心得をきつく申し渡されて皆はそれで部屋を退出した。

お路も続いて引き上げようとしたのだが、ふと自分の草履が見あたらないことに気付いた。代わりに一揃えの草履が残っていた。

慌てた菊野は、誰かが間違って履いていったに違いない。後で尋ねて捜せば良い。とりあえず残っている草履をお路様に履いていただいて……と一揃えの草履をお路に履かせた。

お路がその草履を履いて二、三歩歩いた時だった。

「お待ちなされ」

後ろから浦島が呼び止めた。

「奥の女たちの手本となるべき中老が、行儀ひとつも心得ず、恥ずかしいとは思えぬのか。その草履、私のものだ」

恐ろしい顔で言ったのである。

「知らぬこととはいえ、申しわけございませぬ」

お路はすぐに草履を脱いで廊下に伏せて、その草履を両手で浦島の足下に揃えて置いた。

「ふん」

浦島は忌むものでも見遣るように、お路を見下ろすと、

「卑しい育ち方をした者は、暮らしが変わっても行儀は身につかぬ。殿も酔狂なことじゃ。筆作り浪人の娘にお手をつけるとはのう」

皮肉たっぷりに言った。

お路は、廊下に手をついて、ぶるぶる震えている。

浦島はさらに暴言を続けた。

「欲しいのかえ、その草履。欲しければ欲しいと言えばよいのに手間のかかることじゃ。そなたのような汚らわしい女子が足を置いた草履など、いらぬいらぬ。持っていけ」

足下の草履をお路の方に蹴り返した。

「浦島様！」

菊野は怒りの目で立ち上がった。

「なんじゃ、その目は……そうか、そなたも浪人の娘じゃったな。ほっほっ、主従そろうて礼儀をわきまえぬ」

「それは浦島様のことでございましょう」

菊野はたまりかねて言った。

「なんと……なんと言った。この浦島をこの奥で侮辱した者はどうなるか知らぬのか」

頭から湯気でも出そうな剣幕である。

「お許し下さいませ。すべてはこのお路が悪うございます」

お路は縋《すが》るようにして謝った。

「後でお仕置き申し渡すによって、部屋で待て」

浦島はそう言うと、草履を庭に放り投げて二人を険しい顔で睨んだのだった。

菊野は話し終えると、きっと弦一郎を見た。目は異様に光って怒りが体を包んでいるようだ。

「無体なことを……」

弦一郎の胸も怒りにつつまれている。

「浦島様はお路様を殿様から遠ざけたいのでございます。いじめはずっと以前からありました。お路様はじっと我慢をして参っておられますが、私は我慢がなりませんでした。こんなことがあってよいのでしょうか」

菊野は悔し涙をはらはらと落とすのである。

「片桐様、この武蔵屋もお屋敷に出入りするうちにいろいろと聞いております。心配なのはお路様です。菊野様がいなくなれば、いっそうお路様はいじめられるに違いありません」

「私、お屋敷に戻ります。あの時は、私がお側にいることが、お路様をいっそう窮地に陥れる、そうも考えたのですが、今になってみると、お路様の身が心配で」

「いやいや、菊野様だって危ない。しばらく私が仕舞屋《しもたや》を用意いたしますので、そこで様子をみてからにしてはいかがですか」

武蔵屋が言った。

「後は私に任せてくれ」

弦一郎は立ち上がった。

五

その頃お路は、自室に入ると白装束に身を固め、数珠を手にして座り瞑想していた。

その前には半紙の上に、父から貰った守り刀が置いてある。

部屋子を取り締まる菊野には暇をやったし、その下で働いてくれた仲女中のちえとさと、それに飯炊き掃除をしてくれていたすえといしにも暇を出した。

皆お路が直接雇った部屋子だった。

実はお路は、今朝のこと、浦島に呼びつけられて、菊野を差し出すように命令されたのだった。

「菊野には暇を出しました。お仕置きはこの私がお受けします」

お路はきっぱりと言ったのだ。

すると浦島は、

「ほう、それは感心なことじゃ。では三遍回ってワンと吠え、向こうに置いてある私の草履を口にくわえてここまで持ってきてもらおう」

と憎々しい顔で言ったのだ。

まさかの言葉に声も出ないお路に、浦島は畳みかけるように言った。

「それが出来ぬというのなら、奥のしきたりを破った罪として自害していただく」

「自害！」

驚愕して見返したお路を、浦島は女中たちと笑い合って見下ろしている。

「お路様……」

「お路様、帰りましょう」

側についていたちえとさとが走り寄って来てお路の手を取る。ともに今にも泣き出しそうな顔である。

お路は、

「大事ない」

二人の手を払うと、きっと浦島を見て言った。

「いずれのお仕置きも受けかねます。この奥の掟《おきて》に、そのような前例はございません」

「生意気な女め、そうか、そうよのう。筆作りの貧乏浪人など自害の仕方も教えてはおるまい。筆を作るのがせいいっぱいじゃもの」

浦島は面白そうに笑った。

だがすぐに、きっと睨むと、

「その目はなんだ……その態度はなんだ……自害も出来ぬのに侍の娘とな……それともこれから見事自害してみせてくれるのか」

「………」

「さあ、お覚悟、お覚悟」

浦島が音頭をとると、浦島の部屋子たちが、声を揃えて、

「お覚悟、お覚悟」

と囃《はや》す。

お路は浦島を睨み据えたまま立ち上がると、部屋に平然とした態度で引き返した。

部屋に戻ってしばらく悔し涙を流していたが、ちえとさとに紙と墨を用意させ、皆を部屋から出した。

およそ一刻ほど部屋にこもって文を書いたお路は、再び部屋子を中の部屋に呼んで座らせ、

「今この刻限より、皆に暇をやります」

と言ったのである。

「お路様、訳をお話し下さいませ」

ちえとさとが詰め寄ると、

「わたくしもすぐにお宿下がりを致します。いえ、わたくしもこのお屋敷からお暇を頂きます。そうなればあなたたちはこのお屋敷には無用の者です。ですからそれぞれ親元に帰り、新しい人生を歩みなさい。本当に世話になりましたね」

お路は言った。

その顔はにこやかで温かく、一人一人にこれまでの給金を手渡したのち、自分の簪《かんざし》や櫛《くし》や帯なども分け与え、再び皆を部屋の外に出したのだった。

皆泣いてなかなか出ていかない。うすうすお路の決心を知っているのであった。

「早く、この屋敷から出るのです。これはわたくしの命令です」

あまりに厳しい顔で言うものだから、皆部屋の外に出たが中が気になる。

息を殺して廊下で座り込んでいるのだ。

その廊下に足音が聞こえてきた。弦一郎だった。

「片桐様」

皆、救いの神にでも出会ったような顔である。

「菊野殿から聞いた。お路様は中におられるのか」

「はい」

答えるちえの顔は真っ青である。

「何をしているのだ、こんなところで」

怪訝な顔で弦一郎は訊く。

「私たち暇を出されました。すぐに立ち退け、部屋には入るでないと釘を刺されて」

「何」

弦一郎は奥の部屋に飛び込んでいった。だが、弦一郎が目にしたのは俯せになっているお路だった。

「お路様……」

走り込んでお路の体を抱き上げた。

だが、お路の眼はもはやうつろで、閉じかかる寸前だった。

お路の衣服はすでに血で濡れ、お路を抱き上げた弦一郎の手を赤く染めた。

「お路様」

「ああ、お路様」

部屋子の皆は泣き崩れる。

「か、片桐様……」

弦一郎に抱かれたお路が、息も絶え絶えに声を発した。

「お医師を！」

弦一郎は後ろの部屋子に叫んでから、

「気を確かに」

お路の体を抱いた手に力を込める。

だがお路は、二度と声を発することはなかった。

お路の体を静かに横たえた弦一郎は、面前に三つの封書を見た。

まだ墨の跡も濡れているその文は、ひとつは久直へのもの、そして父親宛のものと菊野へのものだった。

「お路様はさぞや無念であったに違いない。いまいましい話じゃ」

滝山は無念そうに言い、家老の神崎五兵衛を見た。

「とは申せ、表沙汰には出来ませぬぞ。浦島殿は自分は何も知らぬと言っておる」

神崎はいまいましい顔で、滝山を、そして弦一郎を見た。

「大嘘ですよ。たぬきめ……ならばお路様の部屋子の話はすべて嘘だというのか……皆口を揃えてお路様がいじめられていたと話しておるというに」

「浦島殿はこうも申した。お路殿には無礼は受けたが、お路殿の自害に自分は関与していない。お路殿は近頃局《つぼね》に出没する狐にでもたぶらかされたのではないかとな」

「馬鹿な……そんな話を誰が信用するものか。神崎殿、お手前はご家老様ではございませんか。この牧島家の譜代の御家来ではありませんか。このまま浦島一派に奥をいいようにされて良いのですか」

滝山は怒りがおさまらないようである。

お路は滝山の息のかかった中老だった。今に殿様のお胤を宿せば側室に昇格し、その子が男子で牧島家を継承すれば、奥方の実家である高見藩の西尾家からとやかく言われて、小さくなっていることはない。

それが、奥方について牧島家に来た女中のお亀の方が身ごもって、同じように奥方についてやって来た浦島に、奥はいいようにされている。

「殿様も悔し涙を流しておられるに違いない」

「さよう。一昨日からお路様の手紙を抱いて中奥の御居間に籠《こ》もりっきり、しばらくはご政務など出来そうもない」

神崎五兵衛の言葉に滝山は大きなため息をついて応えたが、そこで皆の言葉が途切れた。

外は北風が吹いている。

今にも初雪を連れて来るのではないかと思える乾いた冷たい風が、主のいなくなったお路の部屋の前で舞い上がっていたのを弦一郎は先ほど見ている。

部屋子も皆去って寂しい限りの光景だった。

ぱちり……滝山が扇子を閉じて、

「片桐殿」

と言った。

先ほどの声とは違う凜然とした声である。

「お路様を牧島家の側室として上野の真妙寺に葬るという殿様のお気持ち、お路様のお父上は承諾してくれたのであろうな」

「はい、ご承知下さいました」

弦一郎は告げた。

お路の屋敷での身分は愛妾で側室ではなかった。

側室になるには殿（久直）の子を身ごもらなければならないのだが、お路は奥方やお亀の方に意地悪をされ、それをうすうす知った久直がお渡りを控えたために側室になる機会を失してきたのである。

それがよほど無念であったのか、久直はお路を側室に格上げして牧島家の菩提寺に葬ると家老の神崎に告げたのだった。

無念の死を遂げた娘のことを思えば忠左衛門は複雑な気持ちだったに違いないが、弦一郎が渡したお路の遺書に、

――殿様はどこまでも優しくして下さって、わたくしは深くお慕い申し上げておりました。先立つ不孝は父上様には申し訳なく存じますが、路は幸せものでございました――。

とあったことから、娘の意をおもんばかったのであった。

とはいえ、最初に弦一郎がお路の遺書を手渡した時には、忠左衛門は仁王のように、かっと目を見開いて震えていた。

やがて忠左衛門は、

「片桐殿」

お路の遺書を弦一郎の前に置いた。

「よろしいのですか」

遺書から忠左衛門に視線を移して弦一郎は訊いた。

忠左衛門は頷いた。

緊張したまま遺書を取り上げ、弦一郎は文面に目を走らせた。

短い遺書だった。

浪人暮らしの貧しい中で立派に育ててくれた父親への礼をまず述べ、先立つ不孝を詫びていた。

そして久直への愛情を先のような表現で記すと、

『私が自害いたしますのは、ひとえに父上や家名を侮辱されたことにあります。堪忍袋の緒が切れました。父上様、路は武士の娘として決着いたします』

そう書いてあったのである。

弦一郎は黙って遺書を巻き戻すと忠左衛門の前に置いた。だが、かける言葉が見つからなかった。

すると忠左衛門が言った。

「私は常々、お前は武士の娘だと、たとえ浪人であろうと武士に変わりはない。恥ずべきは、武士として侮辱を受けることだ。そのように言い聞かせて育ててきました。そんな私の無益な意地が、こたびの自害に繋がったのかもしれませぬ。お路を殺したのは私だ」

と目を赤くして弦一郎に言ったのである。

「長谷殿……こたびのことは、長谷殿のせいではござらん。むろんお路様に不都合があった訳でもないと私は思っている。ご自身を責めるのはおやめ下され」

慰めの言葉を告げたが、忠左衛門の気持ちはそれでおさまる筈もない。

訥々《とつとつ》と娘との暮らしを弦一郎に語ったのであった。

その話によれば、忠左衛門の妻は、娘二人を残して若くして亡くなった。

忠左衛門は男手ひとつで二人を育てていたが、お路が女の子だけに、男の忠左衛門にはどのように接していけばいいのかわからなかった。

それが義とか忠とか、武士の娘は、などという教えに繫がったのだというのであった。

「お路の下には二つ違いの筆という娘がいたが、十歳の頃に養女にやった。私の稼ぎでは三人が食って行くのは無理だとその時は考えたのだが……筆がこのことを聞いたら」

忠左衛門は声を詰まらせたのだった。

――それにしても度が過ぎる。

弦一郎に、あらためて怒りが湧いた。

小野寺弥兵衛のことといい、お路のことといい、牧島家を覆う腐臭の度の強さが、今更ながら鼻をつく。しかしだからこそ弦一郎の胸は奮い立っていた。このままにしてはおけぬと強く思った。

「滝山様、今しばらくご猶予をいただきたいのですが、これは私の推測ですが、小野寺殿の一件とお路様のことは無関係ではないように思われます」

弦一郎は覚悟をもって告げた。滝山には、不可解な医者の出入りも報告済みだ。

「頼みますぞ片桐殿。奥の大掃除が終わるまでは、この滝山、奥を去ることはかなわぬ」

きらと弦一郎を見て言った。

六

諏訪町の大川沿いの松の木が立ち並ぶ武蔵屋所有の仕舞屋に、俄にしつらえた仏壇から線香の煙が立ち昇っている。

仏壇には白木のお路の位牌が置いてあり、位牌の前にはお路が自身の胸を突き果てた、父の忠左衛門から貰った守り刀を供えてある。

仏壇の真ん前に座って手を合わせているのは菊野だった。

部屋子だったちえとさとも、菊野の後ろから手を合わせている。

三人の祈りはもう四半刻にもなるだろうか。互いの息をする気配さえ、とらえられない程の無心の祈りを捧げている。

暮れ始めた庭から聞こえてくるのは松籟《しょうらい》の音か……三人の心に静かに染み入るよ

うである。

だが、三人がこの境地に至るまでには三日を要したのであった。

菊野が武蔵屋の勧めでこの家に移ってすぐに、ちえとさとが弦一郎に連れられてやって来た。

まず弦一郎が、お路が自害したことを告げ、菊野宛の遺言書を渡したが、その時、自害した時の守り刀も菊野に渡している。

同じ浪人の娘として、お路は菊野を別れた妹のように可愛がっていたらしく、文机の上に、菊野が守り刀を貰ってくれれば有り難いという走り書きがあったからだ。

血糊のついた懐刀を渡してはいかがなものかと弦一郎はためらったが、菊野は身に余る幸せだと言い、刀を抱いて号泣したのであった。

ちえとさとも、それぞれが簪やら白粉入れやら形見を頂いたと菊野に見せてそれを抱きしめるようにして泣くのであった。

「私がお側を離れたからです。私のためにお路様は自害されたのです」

と唇を噛む菊野に、

「それもあったろうが、浦島殿が矛先を向けた先は、菊野殿ではなくお路様だったのだ」

弦一郎は口添えしてやった。そうでも言わないと、菊野は今にも追い腹を切りそうな興奮状態だったのだ。

弦一郎に促されて、ちえとさとはお路様自害のいきさつを菊野に話した。

「主といえばお路様おひとりでございました。その主が、あの浦島様に理不尽な嫌がらせを受けて追い詰められて自害した今、私がどうしておめおめと生きておられるでしょうか」

菊野は、ひとときの悲しみから我にかえると言った。

「いや、違うな。残った者はしっかりと生きることだ。そなたたちの命を救おうとしたお路殿の気持ちを無にしてはならぬ」

弦一郎はきつい口調で伝えると、三人を仕舞屋に残して外に出た。

一刻も早く、小野寺の遺品を質に入れたならず者たちの居場所を突き止めねばと思ったのだ。

菊野たちは弦一郎が帰って行ったあとも、しばらく放心状態で座っていたが、やがて菊野が、何かを決意したように無言で頭を上げた。

「菊野様」

「決心なさったのですね」

ちえとさとが、菊野に膝を寄せる。

菊野は、二人を交互に見て、しっかりと頷いた。そして二人に訊いた。

「あなたたちも……」

その目はきっと二人の目をとらえている。

「生きるも死ぬるも一緒です」

ちえが言った。

「私だって……」

さとが言った。

三人は膝を寄せ合うと両手を重ねて見つめ合った。そうして決心を固めた目で頷き合うと、白木の位牌に向いて手を合わせたのである。

静寂だけが三人を癒《いや》している。

菊野はやがて位牌に一礼すると、供えてある守り刀をつかみ取り、膝を回してちえとさとの方に向いた。

ちえとさとも位牌に一礼すると、祈りの手を膝に置いて、菊野の言葉を待った。

「参りましょう」

菊野は、守り刀を二人の前に突き出して静かに言った。

「旦那……」

鬼政は、前方の藁葺《わらぶ》き屋根の家屋を目で指した。

二百坪ほどの枯れ色の敷地に素朴な造りの平屋が建っているが、ここ根岸では珍しくもない隠居屋だった。

敷地は竹垣で囲っていて、門も竹細工の扉である。

そこに小野寺の遺品を質に入れた捨六と丑松が、それぞれの女を抱き込んで暮らしているというのである。

ここをつきとめたのは、なんとあの、玉すだれの与三郎だった。

「なあに、ちょろいもんですよ。何度か両国の小屋の前座に出させて貰っておりやすからね。奴らとは顔見知りだったんです。昨日のことですが、橋袂で寺銭とってるちんぴらの安吉っていうのに会ったもんですから訊いてみたら、二人は近頃金回りが良くなったもんで、女を抱き込んで籠もってるっていうんでさ。安吉は一度住み家に招待されたというもんですから、金をつかませて教えて貰ったたっていう訳でして」

与三郎は得意満面で告げた。

すかさず鬼政が、

「馬鹿野郎、てめえの金じゃねえだろ。俺が持たせてやった、いざという時の軍資金じゃねえか」

「まあ、そうですが……でも一度あっしの手に握った金は、あっしのもの……」

「ちぇ、どうでもいいや、へらず口をたたかずに、しっかり前を見てろ」

鬼政は叱りつけて、

「旦那、まもなく出てくると思いますが、先ほど二人を訪ねてきた人間がいるんですがね」

説明しようとしかけたところに、玄関口の障子が開いて、脇差しひとつ腰に着けた若い男が、人の目を憚るように辺りに注意をはらったのち、するりと出てきた。

「あの医者、……」

弦一郎は思わず呟く。

男は田原徳甫、牧島家のお抱え医師の一人で、お亀の方の部屋から出てきた、あの男だったのだ。

「三年前に長崎から帰って来た時に、喧嘩して腕を切られた丑松が、あの医者に助けてもらったとかで」

「何……とすると、小野寺殿に薬を盛ったのは……」

弦一郎は物陰から出て、ゆっくりと近づき田原徳甫の前に立った。

「あっ」

徳甫は仰天した。

「牧島家の奥に出入りしているかと思ったら、今度は町のならず者たちの所か、つき合いが広いな」

「わ、私は、頼まれればどこにでも行く。私は医者だ」

徳甫は言ったが言葉はしどろもどろだ。

「そうか、頼まれれば毒も盛るのか」

「な、何の話だ」

「先の用人小野寺殿は毒を盛られ、更に念の入ったことに刃物で刺されて死んだ」

「私は知らぬ。第一小野寺様は失踪したと聞いている」

「いい訳は止めるんだな。小野寺殿の遺品を質草にした者は、今あんたが会っていた捨六と丑松だ」

「……」

徳甫は後ずさる。

「逃がしはせぬ。あんたにも、中にいる二人にも、訊きたいことがある」

ずいと出た。

「捨六！……丑松！」

徳甫は叫ぶと、出てきた玄関口に走った。

「鬼政、裏に回ってくれ」

弦一郎が走って来た鬼政に叫んだ。

「与三郎！」

鬼政は与三郎と裏手に走って行った。

弦一郎は徳甫が駆け込んだ玄関に走った。

戸を開けて中に入ると、匕首《あいくち》を抜いた二人の男が待ちかまえていた。

一人はずんぐりした体つきの、眉の濃い男だった。そしてもう一人は、頭の禿げた頬にアザがある男だった。

二人の男の後ろには、徳甫が脇差しを抜いて構えており、部屋の奥には、首を白塗りにした女が二人、互いを抱きかかえるようにして腰を抜かしている。

「丑松、それに捨六だな。一緒に来てもらおうか」

「捨六、行くぜ！」

頭の禿げた男が叫ぶと、まずその男が框から飛び降りるようにして匕首を振り下ろした。

「止せ」

弦一郎は右足を引きながら、肩すかしにこれを躱すと、禿げの男の背中に手刀を下ろした。

禿げの男は体勢を崩し、よろりとして膝を落とした。

素早く匕首をつかんでいる手首を蹴り上げると、匕首は土間の向こうに飛んでいった。

「死ね」

ずんぐりした男が、禿げの男の腕をつかんだ弦一郎につっこんで来た。

弦一郎は柄を立てて匕首をはじき返し、その男の足に自身の足をかけた。

「うわっ」

叫びとともに鈍い音を立てて、男は土間に倒れ込んだ。

弦一郎は禿げの男の腕をねじ上げると、側の匕首を拾ってその男の首に突きつけた。

「ああ」

徳甫は色をなくして後ろに走ろうとした。

だが、

「神妙にしろ。おい、与三郎、こいつを縛り上げろ」

「がってんだ」

威勢のいい鬼政と与三郎は、へなへなと座った徳甫を、あっという間に縛り上げた。

じろりと弦一郎は奥の女たちに視線を遣った。

「し、知ってることは何でも、何でもお話しします」

二人の女は、弦一郎の前にひれ伏したのだった。

七

この日の夕刻、弦一郎は徳甫を同心の詰間と挟むようにして牧島家に入った。

そして一刻後には、弦一郎が滝山の後に従ってお亀の方の部屋に向かった。

「滝山が来たと伝えてくりゃれ」

部屋方の萩乃に伝えると、

「ただいま御休息でございます」

手をついて応える。言葉は丁寧だが、端《はな》から相手の言葉など聞く気はない。

「偉くなったものじゃな。この滝山をも取り次げぬとな」

「ですから、あと半刻ほどお待ちいただければ」

「待てぬな。そなたが取り次げぬというのなら良い。勝手に参る」

滝山は萩乃を押しのけてずいと入った。

「お待ち下さいませ。お亀の方様は殿のお子を身ごもっておられるのはご存知の筈」

滝山にとりついた。

「ええい、離せ。無礼者」

滝山は萩乃の頬を張った。

「あっ」

萩乃は頰を押さえて驚愕した。

「雌狐の化けの皮は剝がれておるのじゃ」

奥の部屋に向かおうとしたその時、

「何の騒ぎじゃ」

贅沢な刺繡を施した打ち掛けを払って出てきたのはお亀の方だった。

「これはこれは滝山様にご用人様、お揃いで何事でございます」

「牧島家を混乱させ乗っ取ろうとする狐を捕まえに参った」

「狐……ふっふっ、この部屋にはおりませぬ」

「そなたが狐じゃ」

「なんと……いかな滝山様でも許せませぬ。やはり年は隠せませぬなあ。そろそろこの屋敷をお出になって、余生を静かにお暮らし下され」

「黙れ、牧島家始まって以来の不届き者め。そのお腹の子は殿の御子ではあるまい。

夜な夜な治療を理由に出入りしていた医師徳甫の子だということは明々白々、つい先ほど徳甫が吐きましたぞ。そなたは牧島家始まって以来の悪女じゃ」

「なんと、今なんと申されました。滝山様にとっては頼りのお路殿に死なれて気がおかしくなったようじゃ」

お亀の方は、けらけらと笑った。

「そればかりではない」

弦一郎は怒りの目でお亀の方の目をとらえた。

「徳甫と密会していることを知った前の用人小野寺殿を監禁したあげくに、毒を盛って殺害したこともわかっている。言い逃れは出来ませぬぞ」

容赦なくたたみかけた。

「うう、渡り用人の分際で、よくもよくもそんなでたらめを！」

「証拠は全てわれらの手にある。町奉行所も事件解決には関わっている。神妙にしろ」

「ええい、誰かおらぬか。浦島様を呼ぶのじゃ、早う！」

お亀の方が絶叫したその時だった。

「大変でございます。大変でございます！」

浦島の部屋の女中が走って来た。

「何を騒いでおる」

滝山の一喝に、女中ははっと我に返ったようにへなへなと座ると、

「に、刃傷でございます」

「何、刃傷」

「はい。菊野様が浦島様を刺しました。お助け下さいませ」

と言うではないか。

弦一郎は、はっとした。しっかり生きることだと言い聞かせた時の物言いたげな菊野の顔が一瞬浮かんだ。弦一郎は滝山と浦島の部屋に走った。

「これは……」

弦一郎は浦島の部屋に入って仰天した。

部屋には浦島のものであろう打ち掛けが脱ぎ捨てられ、その向こうに胸に刺さった懐剣を引き抜こうとしたような格好で、浦島が仰向けに倒れていた。おびただしい血が胸から流れている。

そして、それを見守るように正座して座る菊野とちえとさとの姿があった。

菊野は白い装束に身を固めていた。

「菊野……」

遅れて走り込んで来た滝山も絶句した。

「殿、お待ち下さい」

なんとそこに久直の近習の声が遠くでした。

荒い足音とともに久直が入って来た。久直は手に書状を握っていた。

「殿……」

弦一郎も滝山も腰を落とした。

「殿様、ただいま菊野は、お路様に代わって無念を晴らしました。いかようなお仕置きもお受けします。ただ、この二人はわたくしについて参っただけでございます。手出しはいっさいしておりません。どうかお目こぼしをお願いいたします」

菊野は神妙に両手をついた。

久直はうんうんと頷いたのち、

「菊野、お路はこのわしの子を身ごもっておったらしい」

手にある手紙を前に出して握りしめた。その拳がぶるぶると震えている。

「そのお路を死に追いやったのは、ここにいる片桐の調べで浦島とわかっている。お前を咎めるものか……命をかけて主の仇を討つとはあっぱれ、褒めてとらすぞ」

久直は真っ赤な目をして言った。


「早いものですね、弦一郎様」

おゆきは合わせていた手を解くと立ち上がって言った。

白い煙が新しい墓石を撫でるように立ち昇る。

弦一郎とおゆきは、上野の牧島家の菩提寺、真妙寺のお路の墓参りにやってきたのである。

あれから二月、牧島家も少しずつ落ち着いてきているらしい。

らしいというのは、事件解決からひと月後に弦一郎は牧島家から暇を貰ったまま、一度も顔を出していないからだ。

あの後、小野寺が殺されるまで監禁されていた場所は、上野の廃屋だということまでわかっている。

それより皆を驚かせたのは、お亀の方と不義を働いた徳甫という医者は、浦島の遠い親戚の三男坊だったらしいということだ。

奥方から子が望めぬと知った浦島は、どうしても殿の御子をお亀の方の腹から取り上げなければならなかった。

しかし、殿様はお亀の方の部屋には滅多に通うことがなかった。

そこで浦島は苦肉の策を考えたのだ。それが縁戚に繋がる徳甫に殿様の代役を担ってもらうことだったのだ。

徳甫は、二年前から牧島家に出入りしていた。お抱えの医師となったのは、浦島が表の用人に頼みこんで成ったのである。

しかし、小野寺にその秘密を悟られた浦島たちは、慌てて捨六と丑松というならず者に監禁と殺害をやらせたのである。

そして次にお路を屋敷から追い出そうと考えたのだ。

お路は毅然と立ち向かって死んだ。

だがお路の検死をした中奥医師の道庵によれば、お路は気づいていなかったようだが、懐妊していたというのであった。

その報告の手紙が、久直が握りしめていたあの書状だったようだ。

続く不幸に慟哭した久直も、近頃ではようやく立ち直りの気配が見られるらしい。

今殿様の御側には、滝山と菊野がぴったりと寄り添っている。

滝山はお年寄りに返り咲き、菊野は奥を取り仕切る中老になったという。いずれ殿様は、菊野を召されるのではないかという噂だ。

また、小野寺の妻だったしのは、滝山の右腕として再び奥に出仕している。

奥は大きく様変わりしたのであった。

「そうそう、奥方様は離縁されてお国にお帰りになったようですね」

手を合わせる弦一郎の背後からおゆきが言った。

「そうだ、自分の側をとりまく浦島とお亀の方の不祥事だ。一言の言葉も返せなかったらしいな」

浦島については、狐だと思って退治したら浦島様だったと、奥方の実家に報告されたということだが、それは表向きの話で、互いにお上のお咎めを受けぬようにという久直の配慮である。

むろん奥方の実家もそれは心得ていて、今後はしばらく大名風を吹かせることは出来ないだろうと弦一郎は考えている。

「でも、弦一郎様は仕官を勧めて下さったのにどうしてお断りになったのですか」

空の水桶を持って寺の方に引き返しながらおゆきが訊いた。

「さあてな、俺にもわからぬが、女たちの顔色を見るのも疲れるものだ」

「嘘ばっかり、鼻の下がずっと長かったこと、お気づきになりませんでしたか」

「そうか、そうかもしれぬな」

「まっ」

おゆきは、ぐっと睨んだ。

その時である。

「雪が……」

綿のような雪が、ちらりほらりと落ちてきた。

「お路さん、好きだったんですよ、雪が……うっすらと一面白くなった光景にはうっとりするって」

「そうか……では、お路殿が降らせたのかもしれぬな」

「ええ、きっと」

「初雪だな」

弦一郎は空を仰いだ。空は白く淀んでいたが、清廉な雪の結晶は美しい弧を描いて二人の頭上に落ちてくるように見えた。

解説

細谷正充《ほそやまさみつ》
（文芸評論家）

現在、文芸界の一大ジャンルにまで発展した文庫書き下ろし時代小説では、男性作家のみならず、多くの女性作家が活躍している。築山桂《つきやまけい》・和田はつ子・六道慧《りくどうけい》・今井絵美子・片岡麻紗子・木村友馨《ゆか》・髙田郁《かおる》などなど、顔ぶれも多士済々だ。そんな女性作家の先駆的存在であり、現在もトップランナーとして絶大な人気を誇っているのが藤原緋沙子である。シナリオライターとして活躍する一方、二〇〇二年に『雁の宿―隅田川御用帳』を上梓して文庫書き下ろし時代小説の世界に乗り出すや、次々と作品を発表。「隅田川御用帳」シリーズを始め、「橋廻り同心・平七郎控」「藍染袴お匙帖」「浄瑠璃長屋春秋記」「見届け人秋月伊織事件帖」、そして「渡り用人 片桐弦一郎控」など、多数のシリーズを抱えて、縦横無尽の執筆を続けているのである。

本書『密命』は、『白い霧』『桜雨』に続く、「渡り用人 片桐弦一郎控」シリーズの第三弾だ。物語の主人公は、江戸は神田の裏長屋で暮らしている浪人者の片桐弦一郎。もともとは安芸津《あきつ》藩の藩士であり、江戸の上屋敷で御留守居役見習いを勤めていた。だが、次期藩主を巡る政争が幕府に露見し、藩はお取り潰し。その際、国元の新妻が、切腹を余儀なくされた実父の道連れにされて死去した。以来、自分が国元にいたら、妻を救えたのではないかという悔いを抱えながら浪人暮らしをしている。

そんな弦一郎が縁あって、渡り用人を頼まれ、問題山積みの旗本家に乗り込んでいったのが、シリーズ第一弾『白い霧』だ。ちなみに渡り用人とは、必要なときだけ旗本家に雇われ、家政を司る仕事である。もともと旗本家には、その家を仕切る用人がいるはずだが、徳川時代が続くうちに多くの武家の内証も苦しくなり、専用の使用人を置いておくことができなくなった。そこで必要なときだけ雇われる、渡り用人という職業ができたのである。

ただし、この必要なときというのが曲者《くせもの》だ。渡り用人が雇われるのは、金策等、何らかの問題が持ち上がったときである。だから彼らは、旗本家のトラブルシューターといえるかもしれない。なるほど、この設定ならば、面白いドラマは幾らでも創れるだろう。上手いところに、目を付けたものである。

おっと、前説が長くなりすぎた。どんどん内容に踏み込んでいこう。このシリーズは全三話で構成されているが、前二作が全体を通じた太い筋のある連作長篇だったのに対して、本書はそれぞれ独立した話になっている。それにより、バラエティに富んだ内容が楽しめるようになっているのだ。ここが本書の大きな特徴である。

第一話「手鞠《てまり》」は、和泉橋の下で、無宿人の半次郎《はんじろう》の死体が発見された事件に、弦一郎がかかわっていく。嫌われ者の岡っ引・まむしの富蔵《とみぞう》は、死体の近くに落ちていた扇子を手掛かりに、女ばかりを斡旋《あっせん》する口入屋のお品《しな》を、半次郎殺しの下手人として捕まえる。だが弦一郎は、生まれた娘と引き離されたという辛《つら》い女郎時代をバネに、女たちを助ける口入屋をしているお品が犯人とは思えない。懇意にしている岡っ引の鬼政《おにまさ》の協力を得ながら事件を追う弦一郎は、やがて意外な犯人に行きつくのだった。

続く第二話「密命」は、渡り用人仲間の但馬佐兵衛《たじまさへえ》が、何者かに斬られて絶命。残された妻と子供たちは悲嘆にくれる。佐兵衛から、自分の死を予感するような言葉を聞いていた弦一郎は、犯人を捕まえんと調査を始めるが、その先には思いもかけぬ事実が待ち構えていた。

と、最初の二話は、弦一郎が渡り用人として事件に関係するわけではない。むしろ個人的な感情に基づき、事件の渦中に飛び込んでいくのだ。たしかにお品や但馬佐兵衛とは顔見知りだが、なぜわざわざ弦一郎は、そのような行動に出るのか。理由を解き明かすには、『白い霧』の巻末に付された、作者の「あとがき」を読む必要がある。

作者はこの「あとがき」の中で、時代小説を書く上で、無意識のうちに三つのことを表現しようとしていたといっている。「人の心」「この世の自然の美しさ。生あるものへの愛しさ」「時代背景」である。まず、ここで注目したいのが「人の心」だ。妻を助けられなかったことを忘れられない弦一郎。彼の心には、常に後悔という〝疼《うず》き〟がある。その〝疼き〟が、他の人の心の〝疼き〟に反応する。「手鞠」のお品はどうだ。引き裂かれた娘の身を案じながら、けなげに生きているではないか。「密命」の但馬佐兵衛の妻と子供たちはどうだ。理不尽な理由で平凡だが幸せな生活を失ったあげく、愛すべき夫を、父を、殺されてしまったではないか。どうにもならない理由で、愛する者と別離する悲しみを、弦一郎はとことん知っている。だから彼は、事件にかかわらずにはいられない。少しでも自分と同じ心の〝疼き〟を抱く人々を助けようと――。そこが片桐弦一郎という男の魅力であり、物語の魅力になっているのだ。

これに関連して、弦一郎を取り巻く人々にも目を向けたい。材木問屋『武蔵屋』の主の娘で、一度嫁したものの離縁となり、家に戻ってきたおゆき。母親と折り合いの悪かった女房と別れたことを、どうにかできなかったかと後悔している鬼政。まだ、おゆきの離縁の詳しい理由は分からぬが、いずれも弦一郎同様、一度は愛する者を得て、そして失った者たちである。さらにいえば、ぐうたら旦那を追い出したものの、息子と娘から捨てられひとりで生きてきたところを、弦一郎に救われた青茶婆のおきんも、主人公がいなければ暗い〝疼き〟を抱えたままであったろう。彼らもまた、弦一郎同様、別離の悲しみを知っている。主人公を中心としたレギュラー陣の間に流れる、しっとりとした情感の源泉は、ここにあるといっていい。

そして第三話「初雪」では、いよいよ弦一郎の〝渡り用人〟としての真価が発揮される。仕事先は、八千石の旗本・牧島《まきしま》家。行方不明になった奥用人の代わりを勤めてほしいというのだ。どうやら牧島家の奥（大奥の旗本版）は、正妻派が横暴を極め、とんでもないことになっているらしい。しかたなく奥用人を引き受けた弦一郎は、鬼政たちの力を借り、正妻派の不義を暴こうとする。だが、その間にも事態は進行。大きな悲劇が起こってしまう。それを乗り越え、弦一郎は牧島家の暗雲を払うのだった。片桐弦一郎の活躍が楽しめる、渡り用人痛快篇である。とはいえ、ある悲劇を起こし、大団円に一抹の悲しみを忍び込ませるのは、この作者ならではだろう。また、ラストに降る初雪からは、「この世の自然の美しさ。生あるものへの愛しさ」が、ある人物への感慨と共に、鮮烈に伝わってくるようになっている。ラストを飾るに相応《ふさわ》しい、読みごたえのある作品だ。

さらに「時代背景」も、本作はたっぷりと味わえる。八千石という、大身旗本の内実を、じっくりと覗くことができるのである。時代小説に出てくる旗本は、どちらかといえば貧乏なのが多いが、もちろんそんな家ばかりではない。たとえば、牧島家の用人がいう、

「一応説明しておきますと、牧島家の知行所は摂津《せっつ》国に五千五百石、美濃《みの》に二千五百石を賜《たまわ》っておる。家臣奉公人は奥も含めて九十八人となっておる。他にもお抱え絵師、お抱え医師、お茶道などもつとめておる。用人についていえば、坂巻殿は中奥の用人、私は表の用人、そして貴公は奥の用人ということだ」

という言葉からも、大身旗本の威勢が知れよう。時代小説は現代とは違う過去に遊

ぶものである。だから、時代背景は大切だ。こうした、あまり知られていない部分をしっかり書き込むことで、読者は物語の世界に興味を持ち、また身近に感じることができるのである。このように作者は、自らの表現したいポイントをきっちり押さえながら、江戸の諸相と、そこに生きる人々の心を紙幅に屹立《きつりつ》させた。素晴らしいシリーズである。

光文社文庫

文庫書下ろし／連作時代小説

密《みつ》　命《めい》

著者　藤《ふじ》原《わら》緋《ひ》沙《さ》子《こ》

2010年1月20日　初版1刷発行
2021年10月10日　3刷発行

発行者　鈴木広和
印刷　新藤慶昌堂
製本　ナショナル製本

発行所　株式会社　光文社
〒112-8011　東京都文京区音羽1-16-6
電話（03）5395-8149　編集部
8116　書籍販売部
8125　業務部

ISBN978-4-334-74718-3　Printed in Japan

組版　萩原印刷

光文社時代小説文庫　好評既刊

おぼろ舟　藤原緋沙子
冬桜　藤原緋沙子
春雷　藤原緋沙子
夏の霧　藤原緋沙子
紅椿　藤原緋沙子
風蘭　藤原緋沙子
雪見船　藤原緋沙子
鹿鳴の声　藤原緋沙子
さくら道　藤原緋沙子
日の名残り　藤原緋沙子
鳴き砂　藤原緋沙子
花野　藤原緋沙子
寒梅　藤原緋沙子
秋の蟬　藤原緋沙子
隅田川御用日記　雁もどる　藤原緋沙子
逃亡（上・下）新装版　松本清張
雨宿り　宮本紀子

始末屋　宮本紀子
きりきり舞い　諸田玲子
相も変わらずきりきり舞い　諸田玲子
信長様はもういない　谷津矢車
だいこん　山本一力
つばき　山本一力
御家人風来抄　天は長く　六道慧
月の牙　決定版　和久田正明
風の牙　決定版　和久田正明
火の牙　決定版　和久田正明
夜の牙　決定版　和久田正明
鬼の牙　決定版　和久田正明
炎の牙　決定版　和久田正明
氷の牙　決定版　和久田正明
紅の牙　決定版　和久田正明
妖の牙　決定版　和久田正明
海の牙　決定版　和久田正明

佐伯泰英の大ベストセラー！

吉原裏同心シリーズ

廓の用心棒・神守幹次郎の秘剣が鞘走る！

(一) 流離 『逃亡』改題
(二) 足抜《あしぬき》
(三) 見番《けんばん》
(四) 清搔《すががき》
(五) 初花
(六) 遣手《やりて》
(七) 枕絵《まくらえ》
(八) 炎上
(九) 仮宅《かりたく》

(十) 沽券《こけん》
(十一) 異館《いかん》
(十二) 再建
(十三) 布石
(十四) 決着
(十五) 愛憎
(十六) 仇討《あだうち》
(十七) 夜桜
(十八) 無宿

(十九) 未決
(二十) 髪結
(二十一) 遺文
(二十二) 夢幻
(二十三) 狐舞《きつねまい》
(二十四) 始末
(二十五) 流鶯《りゅうおう》

佐伯泰英「吉原裏同心」読本
光文社文庫編集部編

光文社文庫